中国科幻精品屋系列⑱

金　涛　总策划

心情药丸

饶忠华　主编

科学普及出版社
·北　京·

图书在版编目（CIP）数据

心情药丸／饶忠华主编．—北京：科学普及出版社，2018.3
（中国科幻精品屋系列）
ISBN 978-7-110-09311-5

Ⅰ．①心… Ⅱ．①饶… Ⅲ．①科学幻想小说—小说集—中国—当代 Ⅳ．①I247.7

中国版本图书馆 CIP 数据核字（2016）第 026690 号

策划编辑　徐扬科
责任编辑　林　然
装帧设计　青鸟意讯艺术设计
插　　图　范国静　赵连花　郭　芳　刘小匣　刘　正
责任校对　凌红霞
责任印制　徐　飞

出　　版　科学普及出版社
发　　行　中国科学技术出版社发行部
地　　址　北京市海淀区中关村南大街 16 号
邮　　编　100081
发行电话　010-63583170
传　　真　010-62173081
网　　址　http://www.cspbooks.com.cn

开　　本　710mm×1000mm　1/16
字　　数　180 千字
印　　张　13.25
版　　次　2018 年 3 月第 1 版
印　　次　2018 年 3 月第 1 次印刷
印　　刷　北京盛通印刷股份有限公司

书　　号　ISBN 978-7-110-09311-5/I·455
定　　价　35.00 元

序

世界上有很多人会做奇怪的梦，他们的梦又奇妙，又好玩。

在梦中，他们乘坐宇宙飞船，冲出大气层，飞上月球，飞向遥远的星座，甚至在银河的小行星上盖了房子，建了许多工厂和雄伟的城市。但是他们很快遇到了麻烦，宇宙大爆炸的冲击波毁灭了他们的家园，于是劫后的幸存者驾着飞船，成为孤独的漂泊者。

在梦中，他们像鱼儿一样潜入海洋，在深深的海底开采矿床，建造海底城市，也建成了海军基地和强大的舰队。正当他们雄心勃勃地扩张地盘、争夺海底富饶的钻石矿时，一场可怕的大地震爆发了，于是山崩地裂，海水沸腾，谁能逃过这场浩劫呢？

在梦中，他们进入了很深的地底下，居然发现地球内部还有一个世外“桃花源”，芳草鲜美，落英缤纷。那里的人像袋鼠一样跳跃走路，住在黑暗的洞穴里，有嘴却不会说话，只能用双手比画几下进行对话，如同人类聋哑人的“手语”，据说这是在地层高压下长期进化的结果。遗传学家考察后发现，这些地底下的聋哑人竟然和我们有相同的基因。

在梦中，机器人部队排成战列，每个机器人士兵都拿着激光枪和锋利的光子匕首，向着古老的城堡发起进攻，那是外星人盘踞的城堡，他们也不甘示弱，从城堡的枪眼里喷出的高温毒液，形成一片炽热的火海……

当然，还有很多梦，既稀奇又令人兴奋。比如：许多可怕的至今无法治愈的疾病，终于找到了特效药；分子型的微型机器人医生从血管、从食道进入人体的内脏，清除病灶、消灭隐患，创造了一个个生命奇迹。

还有很多很多，都是科学技术的新发明带来的惊人变化、创造的一个个人间奇迹，不用一一列举了。

这些梦，看似异想天开、玄妙荒诞，却也令人震撼、趣味无穷，它们写成小说就是科学幻想小说（也称科学小说），拍成电影就是脍炙人口的科幻电影。我相信，这是你们最喜欢的。

摆在你们面前的这部“中国科幻精品屋系列”，就是我国100多年来科幻小说的集中展示.它是由几代科幻作家，在不同历史时期，伴随科学技术的进步而创作的，也从一个层面反映了科幻小说家对于科学技术发明的殷切期望和美好向往。这里面多是描写科学技术的进步给人类带来的福祉，也有对科学技术成果滥用的忧虑。

这套书有一个很突出的特点：2000多篇作品，2000多个故事，时间跨度100多年，是按时间顺序编排的。阿拉伯文学中的经典作品叫作《一千零一夜》，这套“中国科幻精品屋系列”可以称作中国科幻的“一千零一夜”了。

这种分类方法一个很突出的特点，是可以很清晰地看到，中国科幻小说的题材与现当代科学技术的发明和传播相互之间密不可分的关系。这也说明，科幻小说尽管是幻想的文学，但它仍然植根于现实的大地之上。

我还想再补充一点，阅读科幻小说（以及看科幻电影），最大的收获不仅仅是长知识，而是增强你的想象力，这是训练一个人创造力的重要途径。“想象力比知识更重要”，这个观念已经被无数事实证明是有道理的。这方面的体验，只有通过阅读，不间断的、广泛的阅读，才能领会。

最后，我要感谢丛书主编饶忠华兄，并且特别感谢多年来支持丛书出版的科学普及出版社以及为此付出辛勤劳动的编辑们。

金 涛

2017年10月20日

目 录

致作者

1997 年起此套丛书在我社陆续出版，由于年代久远，有些文章作者的署名及联络方式已无从查考，故烦请相关作者与我们联系，我们将妥善解决署名及稿费事宜。

寻找印第安人的故乡

陈治平　赵晶华　张惠民

1492年，航海家哥伦布疲惫不堪地登上美洲大陆。他以为到了印度，于是称陆地上的居民为“印第安人”。

但是，在美洲大陆上从未发现任何早期猿人的遗迹，究竟印第安人是从哪里迁徙去的，一直是个谜。

中国科学家的观点：1万年前的海平面比现在低60多米，亚洲和北美的大陆连接在一起，是中国殷朝人经蒙古高原——白令海峡——阿拉斯加，迁徙至美洲各地。为了证实这个观点，以世界著名地质学与人类学家陈珏博士为领队兼顾问的中、美、蒙少年考古队带着最先进的电子考古仪沿着这条线路寻找证据。

考古队首先在美国原始印第安人的栖息地发现了一座制造石器的工厂——几百件石刃，有槽、有尖头器和楔状石核。楔状石核像坚硬的刀，用来加工尖头器上的槽，只在亚洲和美洲发现过。在选定的第二站北美的沥青湖，考古队发现了许多动物的化石碎片，其中有一支接着动物胫骨化石的尖头枪十分醒目。科学家推测，原始人用它来投掷凶猛的动物，被刺中的动物受了伤，带着长矛跳进湖中。过了好多年，动物骨骼和矛变成了化石，而矛头本来就是用石头做的。这里现在已成为美国洛杉矶博物馆著名的汉柯克化石公园。

在阿拉斯加的一个山洞里有一串古怪的“图画”，经科学家辨认，画上可见大草原及奔跑的长毛象、骆驼等。当时的白令海峡是一片辽阔的草原，原始人完全可以沿着白令海峡进入阿拉斯加！

考古队乘船横渡了寒冷的白令海峡，在西伯利亚冻土层中，挖掘出一具完整的原始人遗体和两头长毛象遗体。原始人黄色皮肤，黑发，是典型的蒙古人种，腰间的皮袋中还装着几枚楔状石核。原始蒙古人1万多年前就来到北极圈附近，好奇地沿白令草原进入美洲。

现在该去寻找蒙古人的发祥地了。

在中国河北省的虎头梁村，发掘出200多颗楔状石核和原始人头盖骨，证明有相当数量的原始人在此居住过。走出这一地域，楔状石块均一无所获。

经一年多的考察，“谜”终于被解开：印第安人的故乡在中国！

《阿南的20000岁生日》，长春出版社，1997年2月，陈家骏改编

到太空中去旅游

陈治平　赵晶华　张惠民

乐乐去太空旅游。他登上航天飞机，没几分钟就脱离了大气层，以3000千米的时速在地球上空1000千米的轨道航行。

随着飞机向太空旅馆靠近，乐乐看到这奇怪的旅馆，外形笨笨的，一点儿不精美。

飞机对接后，乐乐摇摇晃晃地走向餐厅。餐厅好大，呈倒三角形，各种设施齐全，十分豪华。乐乐用皮带将自己绑在椅子上，费了好大的劲儿才把食物送入口中，一不小心把蛋糕扣在自己脸上。这都是失重造成的。

饭后，他来到舞厅。一对对舞伴的舞姿古怪而滑稽。原来，人们在失重状态下身体为保持的平衡，自然会取前屈姿势。

玩累了，乐乐到了客房，床是垂直固定在舱壁上的睡袋。他急忙钻了进去，第一次站着睡觉，摇摇晃晃，说不出的舒坦，乐乐很快进入梦乡……

《阿南的20000岁生日》，长春出版社，1997年2月，陈家骏改编

太空农场中的绑架案

陈治平　赵晶华　张惠民

地球上的人类已经飞出太阳系对太空开发，在各行星附近建立中转站，以便及时向各星球的宇航员提供各种物资。地球人离不开绿色食品，完全靠地球解决，既费时，又费力。诸葛岩教授创办了太空农场，成功地培育出大量新植物，为太空提供了丰富的食品。

绿色外星人一直被太空饮食问题所困扰。他们用飞船绑架了教授，并以极快的速度准备飞出太阳系，企图请教授到他们那里去，帮助解决饮食这一难题。但是，外星人在行动中触响了教授家中的警报器，中转站很快发现了目标，立即派出两艘战斗飞船拦截目标。

很快两艘飞船一左一右地挟持了外星人的飞船，并向其发出警告，但外星人置若罔闻。战斗飞船的宇航员有所警悟：“莫非他们金蝉脱壳，逃走了？”他们用炸药炸毁了外星人的飞船，从舷窗望进去，果然是一艘空船！

指挥中心接到报告，立即派出主力战舰，同时发现可疑的椭圆形飞碟。

原来，绿色外星人看到战斗飞船一出动，便感到不妙，于是换上速度更快的飞碟，孤注一掷，以最快的速度将战斗飞船抛在身后。“终于闯过来了！”外星人洋洋得意。

突然，飞碟的荧光屏显示出：正前方有一艘巨大的飞船。外星人急忙调转方向，向一旁疾驰，但巨型飞船以更快的速度追上，突然张开大嘴，将飞碟吞入肚中。

诸葛岩教授获救了。

绿色外星人只得硬着头皮向地球人道歉。宽厚仁慈的地球人原谅了他们，并邀请他们参观了太空农场，传授太空植物的栽培技术。

绿色外星人激动得热泪盈眶，从此，他们成了地球人的好朋友。

《阿南的20000岁生日》，长春出版社，1997年2月，陈家骏改编

法艾东人与法艾东星球

陈治平　赵晶华　张惠民

1999年，一支由英、澳、美、日等国科学家组成的考察队在南美洲原始森林考察时，许多人不幸染上可怕的疟疾并被毒蜘蛛蜇伤。

危急之中，他们想到紧密团结、乐于助人的法艾东部族。因为，无论什么人落难之时，都能得到法艾东人的慷慨帮助。

在法艾东人近一个月的精心看护、治疗下，考察队员一个个化险为夷。

科学家对法艾东人充满感激，究竟是什么使他们变得如此善良和无私？

法艾东人凝视着太空，向众人讲述了沉痛而古老的故事。

6500万年前，在火星和木星之间有一颗比地球还大的星球——法艾东星球。法艾东人已创造了灿烂的文明，比地球人更先进，除了航天飞船、巨大的核装置，并在火星上建立了观察站。但是，为了争夺星球的统治权，他们互相残杀，最后疯狂地同归于尽——引爆所有的核装置！霎时间，法艾东星球猛然解体——大大小小的碎片四处迸射，变成围绕太阳的小行星。几个体积较大的，就是现在的谷神星、智神星、婚神星、灶神星……体积最大的一块，撞在土星的卫星上，无数碎片变成了土星“草帽”般的光环。法艾东星最大的残余者冲过海王星后一裂为二，一个成为太阳的第九颗行星——冥王星，另一半成为其卫星。美丽的星球毁灭了！但法艾东人并没有完全毁灭——设在火星观察站的百余名工作人员目睹了这一悲剧，并告诫子孙，让他们的后代汲取毁灭的教训。不久，由于火星大气层受核爆炸的破坏，他们只得乘飞船逃到地球。

法艾东后裔们眼中滚动着泪花，遥望太空感慨万千——我们曾经拥有过的法艾东星球。

《阿南的20000岁生日》，长春出版社，1997年2月，陈家骏改编

“神行太保”参加奥运会

陈治平　赵晶华　张惠民

《水浒传》中的“神行太保”戴宗，在两腿上拴4个“甲马”（用黄纸写的符咒），作起“神行法”来，就能够“日行八百里”。汽车、飞机完成这个旅程问题不大，但是凭借双腿，“日行八百里”谈何容易！

第27届奥运会上，增设了“神行太保1000米”和“超级马拉松”两个新项目，只有中、美、法三个国家参加。中国选手戴超以9秒8夺得1000米冠军！“超级马拉松”是3倍于42千米的旅程，比赛中又是戴超夺魁！

是服用了兴奋剂吗？奥委会没有发现任何问题。记者们纷纷向双料冠军探询取胜的秘密。戴超脱下运动鞋解释：鞋的底部装有一副高效弹簧，一个高压电池为动力的精密驱动器。这种助跑器可以把垂直运动转化成向前运动，使垂直运动能量损失减少80%以上，只有中国、美国和法国才能够生产，所以只有三个国家参加比赛。

《阿南的20000岁生日》，长春出版社，1997年2月，陈家骏改编

中国的娃娃斗牛士

陈治平　赵晶华　张惠民

公元2020年，在“斗牛王国”西班牙首都马德里，各国斗牛士高手举行“世界斗牛”大奖赛。中国有三名小斗牛士报名参加了大赛。

这三个小斗牛士——壮壮、灵灵、威威，年龄都在10岁左右，活泼可爱，立刻引起全世界的注意。

比赛开始后，各国的前几名斗牛士用红斗篷激怒公牛，最后用剑刺中公牛的咽喉，取得胜利。

中国的壮壮出场了。一头凶悍的大蛮牛在红斗篷的刺激下，向壮壮猛地冲去，壮壮居然一动不动。观众以为这个娃娃吓傻了，都以为小娃娃这下可没命了！谁知，就在牛犄角将要触进壮壮身体的一刹那，只见壮壮双手抓住大蛮牛的犄角，翻身跳到牛背上。大蛮牛被激怒得又蹦又跳，终于把壮壮摔到地上，向壮壮撞击。壮壮一骨碌从牛蹄下滚到了牛尾后，观众被这惊险的场面惊得目瞪口呆。壮壮若无其事地站起来，当大蛮牛再一次企图用犄角把壮壮挑入空中时，壮壮一把抓住牛角，抱住牛头，大喝一声：“嘿！”大蛮牛“咕咚”摔了个四脚朝天。大蛮牛一次一次以排山倒海之势进攻，壮壮坦然相迎，一次又一次将大蛮牛摔倒……

正当观众如痴如醉时，又一个奇迹出现了——三个小斗牛士一下都骑在牛背上。刚才狂怒不已的蛮牛，现在温驯得像马戏团的大象，绕着斗牛场走圈，还不停地叫唤：“哞……”

“中国——壮壮——冠军！”观众惊喜地流出了眼泪，齐声呐喊。

当天晚上，世界各电视台都转播了中国娃娃夺魁的场面。

第二天，世界各大报纸都在第一版刊登了醒目的新闻：《中国娃娃——壮壮、灵灵、威威是最新机器人》《中国机器人制造业后来居上》。

从这次比赛后，西班牙对斗牛作了重大的变革——斗牛不能杀牛，因为牛是人类最古老、最亲密的朋友。

《阿南的20000岁生日》，长春出版社，1997年2月，陈家骏改编

东南亚热带丛林野人揭秘

陈治平　赵晶华　张惠民

考古学家、动物学家、美籍华人韦贤龙一心致力于古人类学研究。近年来，世界各地不断传来发现野人的消息，但真正的野人却从未捕获到。退役的空军上尉阿·埃维利斯曼曾亲眼见过野人，韦贤龙决定去见见他。

那是一个骇人听闻的故事：大约在1965年，阿·埃维利斯曼和战友史密斯中尉驾机轰炸“胡志明小道”时，不幸被导弹击中，跳伞降落在莽莽的原始森林中。阿·埃维利斯曼的降落伞被树枝挂住，而史密斯落在不远的一处空地上。负重伤的史密斯无法帮助挂在树上的战友。突然，一群野人——体格健壮，浑身长着黑毛，头发拖到腰间——出现在史密斯周围，指手画脚，看来并无敌意。这时空中传来直升机的轰鸣声，野人们惊慌起来，背起史密斯遁入密林。阿·埃维利斯曼被直升机救走了。多年来阿·埃维利斯曼一直怀着内疚，他恳求韦博士能够援救史密斯。

韦贤龙博士飞到东南亚后，B国用专机送他到当年的空域，跳伞降落到热带丛林中。他在飞机残骸附近找了10多天，不见野人踪迹。又困又饥的博士靠着树干睡着了，朦胧中，他听到有人用英语

说话的声音："这儿有个跟爸爸一样的人。"

"快去找爸爸，我在这儿看住他！"

博士睁开眼睛一看，惊讶不已。一个活生生的小女孩儿，皮肤白皙，黑眼珠，高鼻梁，年龄大约六七岁，腰间围着一块精心制作的兽皮，身上长着稀疏的茸毛。一阵急促的脚步声由远而近，来人浑身长毛，头发披肩，目光锐利，手中握着木棍。问道："你是什么人？"

韦贤龙肯定对方不是野人。“我是美国N大学教授，来这里寻找一位朋友，名字叫史密斯……”来者突然扔掉棍子，泪花在眼中闪烁，大喊一声：“谢谢你！我就是当年失踪的史密斯！30年前，越南战争破坏了栖居在丛林深处野人的安宁生活，他们转辗奔逃。当时我身受重伤，左腿也被弹片击断，正躺在地上痛苦呻吟，被一群逃离家园的野人发现。其中一位雌性野人（女野人）对我分外同情，在征得其家族的同意后，背起我，共同逃难。在女野人的精心照料下，我的伤口愈合了，断腿也长好了，也习惯了野人的生活。我发现，对我关怀备至的女野人是一个面容姣丽、体格强健、浑身长毛的豆蔻少女。我爱上了女野人，于是与女野人搬进了新的山洞。20年中，我们生育了4个儿女，我和爱妻教导儿女来消度光阴，希望有朝一日能重返光明世界！”

韦贤龙和史密斯相处了一些日子后，在他的论文中写道：东南亚热带丛林野人是我们地球人的同类兄弟，我们现代人进化到今天时，而野人兄弟仍喜爱在丛林中“乐不思蜀”。野人兄弟应当享受人的基本权利，我们再不要去打扰他们了！

《阿南的20000岁生日》，长春出版社，1997年2月，陈家骏改编

阿南的20000岁生日

陈治平　赵晶华　张惠民

阿南是个聪明、好学的小姑娘，最崇拜是医学专家的爸爸。她经常问爸爸各种各样的古怪问题，比如人为什么会死？死了能不能再活？爸爸总是耐心地解释："大自然的规律不能逆转。不过，将来一定能做到……"

不幸，在阿南7岁生日那一天，她和妈妈乘出租车去购生日礼物时，被一辆大卡车撞翻。妈妈和司机不幸丧命。阿南幸免一死，虽然夺回生命，但仍与死了差不多——双腿、双臂被锯掉，大脑受了重创，变成植物人。

爸爸悲痛欲绝，给女儿注射了最新研制的麻醉剂，让她平稳地进入睡眠状态，然后放入-180℃的冷柜中，并立下遗嘱："将全部财产留给让女儿复活的医生。我坚信在1万年以后，人类将轻而易举地让女儿阿南重新长出四肢，恢复正常人的思维！"

时光飞逝，公元5000年，人类能重建脑组织。公元20000年，人类通过细胞融合制造出细胞核、染色体，可以使断腿的人重新长出腿。

公元20002年，全世界最著名的专家决定在阿南的生日之际唤醒她。阿南的身体迅速解冻，通过输入"万能血"，心脏、大脑开始活动。同时输入大量钙质和丰富营养物质，娇嫩的小腿、小手迅速长成了。最后，科学家将高性能硅芯片置入阿南的大脑中。这个芯片上培植了几亿个脑神经细胞，使人脑变成一部大型"超级计算机"。毕竟历史前进了19993年，没有全新的知识，阿南如何跟上时代呢！

20000岁的阿南醒了，粉红的小脸上漾开一片笑容，仿佛是刚做了一个梦。她轻轻睁开眼睛，坐了起来。

室内顿时一片欢腾，专家们簇拥着阿南向她祝贺，并祝她生日快乐！

在《祝你生日快乐》的歌声中，阿南含着激动的泪光答谢："尊敬的专家、贵宾们：是科学家给了我第二次生命。我要把它奉献到人类对宇宙与科学的无限探索和追求中！这就是我，一位20000岁少女的心声。谢谢大家！"

《阿南的20000岁生日》，长春出版社，1997年2月，陈家骏改编

木星太阳照亮地球

陈治平　赵晶华　张惠民

12000年后，地球进入"冰河期"。

太阳似乎离地球远了，阳光变弱了。冰川沿着欧洲、非洲推进。即使在赤道附近日温不过零上十几摄氏度。苍莽的热带雨林、椰子树、荔枝树、杧果等迅速消亡。草原上的动物，河流中的鱼儿都难得一见它们的芳容。

不过，地球人类已经拥有高度文明，并不怕"冰河期"。科学家仔细研究了木星。木星是一颗和地球一样围绕太阳运行的行星，体积是地球的1316倍，1000千米厚的大气层是由甲烷和氨氢组成，表面温度-100℃，局部温度高达3亿～4亿℃。其内部已达到核气化温度，按目前的星体收缩和外界能量吞噬速度来分析，再经过几亿年的自然演化后，其内部可以诱发大规模的热核反应，大气层被激化为光子，木星将变成一颗新的太阳！但是几亿年，太久了！

以华芳博士为首的中国核物理学家提出缔造"木星太阳"的方

法：炸毁木星的卫星，凭借卫星高速撞击木星产生巨大热能诱发木星的氢聚变反应，从而造就一个新太阳。

经过精确计算，华芳博士选择了5颗较小的卫星，这样不会给地球的轨道、气候、磁场带来影响。他的计划得到全球人的赞成并授权实施“缔造木星太阳工程”计划。

经过25年的准备，华芳博士率领5艘巨大的飞船飞向木星。他们在木星的卫星上开凿隧道，将精心计算的核爆炸装置移入隧道，安装了遥控天线、定向引爆装置，经过一丝不苟的检查后返回地球。

14022年1月1日，地球人类每个家庭的电视屏幕上出现了无数道耀眼的闪光——5颗被炸毁的卫星碎片飞向四面八方。卫星主体以6000米／秒的高速径直扑向木星大气层和星核。木星上的大气层迅速燃烧成一片。如同华芳博士所预期的那样，在不停的撞击下，中心温度上升到1400万℃，表面温度高达5000℃，氢聚变反应发生了！木星太阳诞生了！

地球有了新的太阳后，温度回升，冰川后退，动物在飞跑，植物在发芽。生机勃勃的春天又回到了美丽的地球。

《阿南的20000岁生日》，长春出版社，1997年2月，陈家骏改编

时空隧道奇遇

陈治平　赵晶华　张惠民

40年前，漓江小学五年级学生明明撑竹排回家，受到江面上雾霭包围，在偶然情况下闯入了“时空隧道”，遇见了爱因斯坦。老科学家就“时空隧道”向明明作了解释：时，就是时间；空，即空间；隧道就是洞的意思。明明不懂，爱因斯坦又进一步解释了宇宙对称的原理：有地球上最高的山峰，就有它附近最深的海洋，宇宙有正反两个体系。人类所看到的宇宙只是正物质体系的那一半，还有一半是人类用肉眼看不到的反物质组成的体系。“时空隧道”就是这种反物质世界——一个时间和空间的“黑洞”，能量十分巨大，可以用超越光的速度前进或者后退。这也就是说，可以在“时空隧道”中回到远古时代和未来世界。

爱因斯坦的最后一句话引起了明明的兴趣，他要求老科学家带他看看早期的恐龙。

老科学家给明明吃了一片药，明明看到了1亿年以前千姿百态的恐龙世界；又来到北京周口店的几百万年前早期猿人居住地，看到了人类祖先的原始社会生活；明明看到了过去，又想看看50万年后的地球和地球人类会发展成什么样子。

老科学家很快又让明明在一道明光闪耀中进入了草儿青青、鲜花怒放的山坡。一大群海豚正在海洋中追逐、戏耍。科学家告诉明明，他们现在正站在北冰洋的面前，是地球的北极点上。

老科学家还让明明看到了1亿年前的非洲撒哈拉大沙漠绿树成荫的大花园、赤道上春风习习的多基城和南极在和煦阳光下摇晃着身体行走的大企鹅。

老科学家又领着明明观赏了三个月亮的夜晚景色，然后说："我们到最繁华的美国纽约去看看。"原来高耸云天的摩天大厦早已无踪无影，映入眼帘的是田园式、花园式建筑，没有人声喧闹，没有汽车噪声，只有三三两两的行人和不发噪声的飞艇。路上的人无论大人、孩子，体格都十分匀称、健康。餐厅里食品不多，人们吃得也很少。食品是什么，明明从来没见过。老科学家说，那时候饮食将不是人类生存的基本条件，只是一种享受了。在那里，明明又见到了科学家牛顿和爱迪生，听他们讲了他过去不知道也从没听到过的有趣故事……

40年后，明明从竹排上醒来，发现一切都变样了，赶忙上岸往家跑。明明原来住的漓江路118—1号已经变成了新楼房。他见到了一个刚从汽车上下来的中年人往里走，一打听原来是他的弟弟亮亮。他见到了爸爸妈妈，他们都已是满头白发了。48岁的明明又重新上学了，他是漓江小学的六年级学生。

《阿南的20000岁生日》，长春出版社，1997年2月，陈家骏改编

天上掉下来一个玛雅人婴儿

陈治平

渤海湾翠岗岛有个60多岁的老渔人叫巴海，一辈子没孩子，和老伴儿一起把侄儿巴颜皓养大。巴颜皓没有辜负亲叔叔、婶婶的期望，以优异成绩读完小学、中学。大学毕业后，他又到国外学习、考察了10余年，终于成为一名出色的古文学家和考古学家。

巴颜皓回国头一件事就是看望叔婶。巴海老人高兴地领他出海观光。渤海湾有海潮、海火、平流雾和海市蜃楼四大自然奇观。幸

运的巴颜皓居然看到了几十年甚至百年也难得一见的海潮奇景和海市蜃楼。当神奇的景观消失时，雾散云消，映入眼帘的依然是湛蓝的海水。

突然，一个怪物从蓝天深处蹦出来，在高空中停顿了一会儿，慢悠悠地向海面坠落下来。

巴颜皓一眼看见，在那个怪物上方有一顶几乎是透明的降落伞。不久，巴海老人也看清楚了，天空悬着的是个圆形金属物。

巴海老人立刻开动渔船，紧追不舍，当怪物降落到海面时，正好渔船驶到怪物身边。金属怪物有一架直升机那么大，用特殊合金钢制成，是封闭的，看不出里面是什么东西。巴海老人把它系在船尾，小心地拖回翠岗岛，拖上海滩。

金属怪物好像是只大箱子，黑色的外壳上有一幅简明的示意图。巴颜皓根据示意图按动键钮，“轰”的一声，箱子外壳自动解体。箱子里又是一层金属外套，掀去外套，呈露出一个长约1米的水晶石箱。石箱里静静地躺着个婴儿。

婴儿突然张开双眼注视着巴海老人。巴海惊呆了，但立即欣喜若狂地抱起孩子往家跑。他把婴儿放到床上，打开裹婴儿的层层襁褓，是个男孩儿，似乎还未满月，大约有60厘米长，脖子上戴个水晶项圈，手腕上戴着只奇特的宇航手表。

巴颜皓赶回家，看见婴儿身下压着两张质地奇特的白纸，上面有类似古篆文的符号。巴颜皓看后激动得双手发颤，纸上写的是玛雅文。他曾经走过美洲、非洲、欧洲，对玛雅人和文字进行长达10年的考察、研究，结果是玛雅人早在几千年前就从地球上消失了，能见到的只是那时留下的文字。巴颜皓的目光从白纸上掠过，立即明白，这是两份遗嘱，一份是给发现和拯救婴儿的地球人的，一份是给婴儿的。

玛雅人还活着。巴海老人又想起了那金属箱子，急忙跑出家门奔向海滩。海滩上空荡荡的，只有海水不倦地拍打着沙滩，奇怪的金属怪物，合金箱子，水晶石箱，全不见了。

《巴比与海底大西国》，长春出版社，1997年2月，赵喆改编

神秘的玛雅人与神秘的大西国

陈治平

传说玛雅人4亿年前就出现在地球上。玛雅人以自己的聪明才智创造了灿烂的古代文明。他们在墨西哥尤卡坦半岛上建造的太阳金字塔，其天文方位异常准确，天狼星的光线经南墙上的气流通道可以直射到上层厅堂中长眠的死者的头部，北极星的光线经北墙上的气流通道可以直射到下层的厅堂。玛雅人还在美洲、非洲和欧洲建立起一座又一座金字塔、庙宇、水库，而他们自己在一次又一次的创建完成后，迁移到远离地球人的荒山丛林和海岛上去。后来，他们把新居营造在汪洋大海中的阿特兰提斯海岛上，也就是大西洲。

大西国王是个野心勃勃的君主。他建造规模庞大的舰队，东征西讨，占领了邻近的岛屿，把势力扩展到非洲的埃及、利比亚以至众神之王宙斯的领地——希腊。宙斯愤怒了，对大西国做出惩罚，一夜之间把它沉没在海底，大西洲从此在地球上消失。在地球上创造古代文明的玛雅人也在一夜之间消失了。

一天，在海边生活的打鱼人巴海得到一个水晶箱，箱子里有一个婴儿，还有两份遗嘱。巴海老人的侄子、古代文研究专家巴颜皓把遗嘱翻译出来，其中一份遗嘱是玛雅星球“奋进”号飞船船长昂莱比特和夫人玛丽写的，留给拯救婴儿的地球人。它的意思是：玛雅星球和地球各方面都相似。玛雅人多次组织远征队到地球来，

但闯不过死亡之河。这一次他们又和死亡之河决斗，第一条母船被“反物质”击碎；第二、第三条勉强飞入太阳系时，飞船已经无法再继续飞行。船长和夫人也身负重伤无法到达地球，只能将他们带在身边的儿子巴比送到地球。希望地球人能培养他成长，成为真正的玛雅星球人。

巴海老人和妻子听完遗嘱后，紧紧抱着婴儿激动地高喊：“我们有儿子啦！”

《巴比与海底大西国》，长春出版社，1997年2月，周肖改编

巴比长大了

陈治平

玛雅人巴比被老渔人巴海在海边得到后，用鱼汤和奶粉精心喂养，2岁就显示出超常智慧和在水中生存的天赋能力。5岁那年，大哥巴颜皓回来度假，教巴比语文、数学和海洋、宇宙的知识，还专门教他玛雅文。这年，他又做了一件惊动全翠岗岛的事情。

那天傍晚，大人们出海归来，小孩儿们在海边嬉闹。水生突然被条大鱼拖走，巴比下海去追，几条渔船也紧跟在后。在大海远处，巴比发现水生被一个大海蚌夹住了腿，连忙招呼爸爸撒大网。

网拉上来了，除了一大群鱼外，还有水生和大海蚌。海蚌有半间房子大，重1248千克。他们救下了奄奄一息的水生，还从巨蚌中找到一颗贵重的大珍珠。从此后，巴比成为翠岗岛的神童和小英雄。

《巴比与海底大西国》，长春出版社，1997年2月，赵喆改编

巴比与海豚迈克及海龟阿毛

陈治平

玛雅人巴比跟爸爸巴海出海捕鱼，返程途中，看见一条受伤的海豚在向渔船靠拢。巴比招呼爸爸放下小舢板，帮着把海豚接上船紧急抢救。海豚腹部被鲨鱼咬了1米多长的齿痕，渔民医生给海豚注射止痛剂，敷上药后又重新把它放回水中。第二天捕鱼时，渔民捕到比平时更多的鱼，并发现了昨天那条小海豚，后面还跟着二三十条海豚，飞舞跳跃，就像庆祝节日那样。

从此，海豚成了巴比的好朋友，也成了渔民的好朋友。大哥巴颜皓告诉巴比，海豚是智商仅次于人类的哺乳动物。它比猿猴和猩猩更聪明，它的大脑沟回多。猿猴厌恶水，身上长毛，没有皮下脂肪，脊柱不能弯曲，而人和海豚都能游泳，身体光滑、有皮下脂肪，脊柱可以弯曲。海豚和人类很友好，在新西兰，有个特别危险的海峡，一只名叫“戴克”的海豚无私地为过往船只导航达41年之久。巴比想，为什么不和海豚交流交流呢？渐渐地巴比和小海豚之间更默契了。

一天，巴比和爸爸出海捕鱼，听到了小海豚的呼喊声，巴比懂得小海豚的意思，是马上要来大风暴了。爸爸和渔民们将信将疑把船往回开，刚到海岸边，果然发生了一场规模空前的大暴风雨，翠岗岛上的大树也被拔起了好几棵。人们一面暗自庆幸，同时又对巴海老人感激不尽。

巴比从哥哥讲的戴克故事中引起联想，给海豚取名叫迈克。不久他又结交了一个新朋友海龟阿毛爷爷。那天，巴比在海边见到一群孩子围在一只大海龟身边。巴比知道这是水生的爷爷在捕鱼时网到的，爷爷把它交给水生弟弟云生玩，打算之后把龟卖掉。巴比去找水生的爷爷，愿意用鱼换回这只海龟，然后把龟放回海里。水生的爷爷因为巴比救过他孙子的命，很爽快地将龟送给了巴比，也不要他的鱼。巴比高兴极了，立刻把海龟送回海中。

第二天，巴比去找海豚迈克，发现海龟跟在迈克身边，它也会跟巴比通话，并向巴比道谢。它告诉巴比，它已经有2000多岁了，朋友们都称它为“航海家阿毛”，要巴比叫它阿毛爷爷。

巴比好奇地问：“阿毛爷爷，你住在哪里？”阿毛爷爷呵呵笑着说：“太平洋、印度洋、大西洋、北冰洋都是我的家，要不朋友们怎么会称我为航海家呢！”

《巴比与海底大西国》，长春出版社，1997年2月，赵喆改编

巴比要去寻找海底大西国

陈治平

玛雅人的后代巴比在巴海老人精心抚养和哥哥巴颜皓的辛勤教导下，一天天成长起来。他又交上了海豚迈克和海龟阿毛爷爷做朋友。他们的关系越来越密切，经常在一起，和海岛上的孩子们接触就少了。大人们见巴比聪明，就批评自家的孩子。一天，云生的爷爷骂他不成才，云生不服气地说巴比是从海里捡来的。巴比听到了很难过，他去问爸爸是怎么回事。巴海老人拿出了当年巴比生身父母玛雅星球“奋进”号船长昂莱比特和妻子玛丽留给儿子的遗书。这份遗书巴海老人已经珍藏了7年。信是写给儿子巴比的，船长告诉儿子，他们不是地球人，是玛雅星球移民到地球上的。他们已经到达地球4亿年了，后来因为宇宙发生突变，从玛雅星球到地球

的通道被隔断了。玛雅人为了打通进入地球的通道，作了很多努力和牺牲。船长告诉儿子，在地球上的玛雅人居住在大西国海岛上，他们的最后一次通信是在12000年前。船长要儿子赶快去寻找大西国，告诉地球玛雅人，玛雅星球并没有忘记他们。

巴比决心去找寻大西国，巴海老人担心孩子只有7岁，还太小。巴比说不怕，他有两个好朋友，还有亲生父亲留给他的用特种元素制成的手表和脖子上的水晶项圈，这些都会给他力量的。

第二天，巴海老人带巴比去找海龟阿毛爷爷打听大西国。老海龟认真思索了一会儿说：它听曾爷爷说过，大西国在西海，就是大西洋。大西国的人都有非凡的才能。有一天，山呼海啸，大西国突然沉到海底，从此就在海底安了家。

巴海老人把巴比的事情跟老海龟说了。海龟同意帮助巴比去海底寻找大西国。这时旁边突然窜出海豚迈克，它也要和巴比一起去找大西国的地球玛雅人。老人见巴比那副激动的模样，知道留不住他，落下了眼泪。巴比为老阿爸擦去泪水，深情地说："阿爸，您放心吧，我有阿毛爷爷和迈克做伴，找到大西国后，我就回来看望您和巴颜皓哥哥。"

《巴比与海底大西国》，长春出版社，1997年2月，赵喆改编

遨游海底森林

陈治平

玛雅人后代巴比说服巴海老人，和两个好朋友海豚迈克、海龟阿毛爷爷去大西洋海底寻找地球玛雅人。在阿毛爷爷带领下，迈克驮上巴比离开渤海湾进入黄海，沿着明丽的大陆架向南方进发。

大陆架是大陆从海岸向海中延伸坡度比较平缓的一部分，从海岸到大约200米深处是一片浅海平原，它似乎是大陆在海中的边架，因此得了大陆架的美称。它又是海洋中最富庶、最美丽的地方。由于大陆架积蓄了大江大河汇入大海时携带来的大量物质，为海洋生命的生长创造了良好的条件，因此大陆架上的海草繁茂，是多种鱼类、贝类和其他生物的乐园。

巴比骑在海豚身上，沿着大陆架向气候温暖，海水水温渐高的黄海、南海行进，沿途饱览了多姿多彩的海底风光：见到了喜欢躺在海底的性情古怪的比目鱼；长着五颜六色触手的海葵；漂浮在海面上的海蜇和形形色色的海参、刺参、黑乳参、梅花参、棘锚海参、二斑白尼参；巴比还见到了海边水下生长的树——红树。阿毛爷爷告诉巴比这是海底红树林，海水退潮时它们长在海面，树干壮实、挺拔；涨潮时它们就淹没在海里，成为海底森林。

在红树林里生长着两种有趣的生物，跳跳鱼和海马。跳跳鱼的眼睛长在头顶上，圆圆滚滚的，可以上下左右滚动，任何方位都见得到。跳跳鱼不能长时间待在水里，每隔一段时间一定要跳出水面呼吸一下空气。它的胸鳍像吸盘，可以吸附在树上，也可以像猴子一样在树上跳来跳去。海马的头很像马头，与身体成直角，有一条可以卷曲的尾巴。前进时，它昂着头，挺着肚子，用力扇动胸鳍和背鳍，好半天也游不了多远。红树林的海面上则有白鹭、黑尾鸥、斑鸠，以及红螯蟹、弹珠虾。巴比一直生活在海边，难得见到树林，对海底森林格外有兴趣。阿毛爷爷决定领他去看看真正的海底森林。

海洋中，阳光透过海水，可以见到200米深，再下去，就是一片黑暗世界了。巴比在200米深处见到了真正的海底。越过海带森林，又见到海藻森林，远远望去，一片片海藻恰如一株株挺拔的巨树。巨藻林中不仅有海马，还栖息着全身长满花纹样棘刺的鲀鱼、海马鱼、鳊鱼、鲋鱼。

巴比看过海藻林，想起了自己的使命，他问阿毛爷爷："听说海底最深处有1万多米，要是阳光照不到200米以下，那怎么去找大西国呢？"

海龟想了想说："我的好朋友海蛇灵灵就住在1万米深的海底，我们可以去找它。"

巴比问在什么地方，阿毛爷爷说："马里亚纳海沟。那里是地球海洋最深的海沟，从我们这儿出发，得四五天时间，我们还是快走吧！"

《巴比与海底大西国》，长春出版社，1997年2月，赵喆改编

智斗残暴的海洋牧主

陈治平

巴比和海豚迈克、老海龟阿毛爷爷由大陆架进入深海。突然，他们发现10多条凶猛的大灰鲨从海水中飞出海面，在空中翻了几个筋斗，然后重重落入海中，痛苦地挣扎一阵后，像一块巨石似地沉落到海底。

巴比的哥哥巴颜皓曾经告诉过巴比关于大灰鲨的故事。大灰鲨有10多米长，全身上下覆盖着纤小尖利的盾鳞，整个身体就像一把巨锉。它用身体冲击猎物，一下就能撞得对方皮开肉绽，鲜血淋淋。它还有一张令人害怕的大嘴，一排排整齐的牙齿就像锋利的匕首。它身体庞大却很灵活，可以灵巧地转动，它从来也不生病。可是让巴比奇怪的是，眼前这一群凶猛无比的大灰鲨都死了。他问阿毛爷爷，海龟也回答不出。不久，巴比又发现两条虎鲨正驱赶着一大群黄花鱼，就像牧羊人赶羊群一样。

巴比勇敢地游到虎鲨身边去了解情况，原来这两条虎鲨是夫妻，名叫大虎和二虎。它告诉了巴比大灰鲨的死因：它们正在被迫为坏蛋笠原布拉斯干活。

笠原布拉斯在海中营造了好几个大渔场，将人工孵化的鱼苗投入他的渔场中，为防止鱼群逃跑，又孵化了一群海豚为他放牧。因为海豚照顾不过来鱼群，他就抓鲨鱼，在抓来的鲨鱼脑中放进一个小机器，然后强迫他们放牧。如果谁想违抗命令逃跑，他就会通过那个小机器破坏鲨鱼大脑，使它们很快死去。笠原布拉斯拥有一支舰队巡逻在渔场周围，不准任何人来捕鱼，一旦被他们发现，立即开炮，连人带船全部击沉。

大虎鲨告诉巴比，鲨鱼本来是人类的朋友，因为有几个败类偶尔向人袭击而败坏了鲨鱼的名声。巴比决定帮助鲨鱼，和海豚、海龟一起去寻找笠原布拉斯。二虎鲨领着巴比来到一个钢铁平台前。等到天黑，巴比悄悄爬上平台，找到中心控制室，四周是一排排的电子仪表，中央是一台庞大的电子计算机，里面坐着个值班的人。巴比跟哥哥巴颜皓学过计算机，还跟巴海老人参观过先进的远洋捕鱼船。他知道，只要破坏了电子计算机，鲨鱼大脑中的小机器就会失去所有功能。他返回平台边，要海龟阿毛爷爷去撞击平台的钢铁支柱。

阿毛用龟壳撞击钢柱，发出响声，值班人员赶紧走出控制室，寻找到平台边。巴比乘机进去，将一段导线安到高压电源上，另一端联上计算机。霎时间，机器冒出黑烟，火光一闪，电子计算机爆炸，引爆了电子仪器，整个控制室全部炸毁。平台上的警戒人员闻声赶来，机器已经成为废料一堆。

巴比下到海里告诉二虎鲨，二虎鲨高兴得连声“谢谢”也忘记说，急转身去找大虎鲨和朋友们了。海豚、鲨鱼和鱼群奔走相告，它们自由了。笠原布拉斯的海洋渔场彻底崩溃，巴比和朋友们又踏上了去大西国的征途。

《巴比与海底大西国》，长春出版社，1997年2月，赵喆改编

魔海龙三角遇险

陈治平

巴比和朋友海豚迈克、海龟阿毛越过台湾海峡，刚靠近太平洋就遇上从未见到过的暴风巨浪。巴比的哥哥巴颜皓曾告诉过弟弟关于太平洋的事。

1519年，西班牙航海家麦哲伦带船队越过大西洋一直沿海峡向西，终于在11月28日驶出海峡进入大海洋，麦哲伦在这个大海洋中平安行驶3个多月，就称这儿为太平洋。那条与大西洋连接着的长长的海峡被后人称为麦哲伦海峡。实际上太平洋并不太平，经常有风暴，南纬40° 有“咆哮四十度”之称，北纬30° 则更恐怖。

很快，巴比他们又遇上了海啸。海啸是因海底地震引发的巨浪，最大浪高可达30米。巴比尽力躲避，还是被卷入8000米深的海底。他感到头一沉，顿时昏迷过去。等他醒来，已经被灰矮星球人救起。

灰矮星人长着3只眼睛，小鼻子、尖下颏，嘴巴像一条线。一个大鼻子3眼人告诉巴比，他们是玛雅星球人的邻居灰矮星球人。他们也像玛雅星球人那样不愿意打扰地球人而迁移到地球海底的。巴比很感谢灰矮星球人，又惦记着朋友。大鼻子3眼人把他领到一个摆满各种古怪器具的圆形舱室，海龟阿毛和海豚迈克正静卧在水中。3眼人告诉巴比，海龟和海豚承受不了海水的巨大压力，大脑组织受伤，现在正在进行修复，还要增加身躯的抗高压能力。否则，即使救活也无法在深海中潜行。

“叔叔，我能行吗？”巴比问。

大鼻子3眼人赞叹道：“你们玛雅人蕴藏着巨大的能力，这是我们灰矮星人所远远不及的。你能依靠自己的意志力量死而复生。这里是地球上神秘的北纬30° 海区，地球人称这里为‘魔海龙三角’。它本身具有超自然魔力，能激发人的潜能，但要以生命为代价。地球人驾驶的飞机、舰艇经常在这一海区遇难，就是这个缘故。”

不一会儿，海龟和海豚都活过来，也恢复了生气。临走时大鼻子3眼人摸出一只水晶球放在巴比手中，作为纪念。这个水晶球是依靠海水的压力发热发光的，水越深，光越亮。在1万米深的海水中，它可以照亮周围1万米范围内的海域。

巴比欣喜若狂，对3眼人说：“叔叔，我找到大西国后，一定来看您。请问您叫什么名字？”

大鼻子3眼人说：“我叫博克图霍。亲爱的巴比，请代我们灰矮星人向尊敬的玛雅人致敬。”

“当然！”巴比兴奋得小脸通红，连脖子都红了。

《巴比与海底大西国》，长春出版社，1997年2月，赵喆改编

在会旋转的神秘岛上

陈治平

巴比和好朋友海豚迈克、海龟阿毛爷爷离开“魔海龙三角”后，在海底寻找阿毛的朋友海蛇灵灵，就是找不到。这天他们登上了旋转岛，海豚忙着找同伴游走了。巴比来到一棵不知名的树旁，那树的树干和树枝都发着亮光，巴比不小心碰了下树枝，“啪”地一下，一股电流通过掌心传到脚底，巴比仰天摔了一跤。阿毛爷爷告诉巴比这是电树。它白天把阳光吸进去，转变为电能储存起来，鸟儿碰上它就会被电死。巴比连忙躲过，来到一棵红矮树旁想坐下，阿毛连声招呼他躲开，说这棵红矮树能施放毒气，喷出来会置人死地。阿毛告诉巴比，他们现在还在“魔海龙三角”之内，这三角就包括了小笠原群岛和琉球群岛，这里的海底火山经常爆发，海啸不断，即使是最先进的船只、飞机，一到这里就会突然失踪。这旋转岛下面没有隙缝，可它会自动旋转，每转一圈恰好一昼夜。

巴比睡在海龟背上，突然一道亮光在眼前闪动，他一看，是自己左手腕上的手表发出来的，手表侧面有一行细细的玛雅字。巴比看得懂，船长爸爸告诉他这只手表有两大功能，按动绿色钮，它会显示出海水的深度和温度；按动红色按钮，就会发出强大的死光。阿毛看了高兴地说，有了它就不愁找不到大西国了。巴比有点肚子饿了，阿毛领他来到一棵树边，这是棵奇特的人面果树。果实呈扁圆形，前为白色，后为赤黄色，白色的那一面有似人的眼、鼻、嘴、眉般的疤痕。人面果又甜又脆，巴比吃了几个就饱了。海龟耐得住，一个月不吃不喝也没关系。他们急于要去大西国，可是海豚迈克老是不回来。

《巴比与海底大西国》，长春出版社，1997年2月，赵喆改编

血战大海怪

陈治平

巴比他们来到旋转岛后，海豚出去找同伴，一天没回来。巴比和海龟正等得焦急，远处游来一只小海豚，但不是迈克。它向巴比报告，海豚迈克正在和大海怪搏斗。

海龟立即驮上巴比赶去救助。原来迈克去深海找同伴，遇上了好朋友鲸鲨被一只变异的巨型章鱼的腕足缠住，不能脱身。这怪物身上长满腕足，每条腕足有100米长，直径有1米粗。迈克发动同伴上前去咬章鱼的腕足，可那海怪有可怕的威力，张开大嘴喷出毒液，许多海豚都败下阵来。迈克马上要小海豚向巴比报讯。

巴比赶到时，海水已经被染成血红色，海豚已失去了战斗力，只有鲸鲨和刚刚赶来救助的大虎鲨和二虎鲨还在和怪物奋战。这时又来了个雌怪物，巴比刚冲上前，就被雄怪物的腕足缠住了。雄怪物一甩腕足，巴比被扔到雌怪物身边，又被紧紧缠住。巴比感到浑身上下火辣辣的疼，一种从未有过的气体从身体深处迸发出来。他一下挣脱了腕足的束缚。海龟阿毛也被腕足缠着，它大声喊巴比：“巴比，死光！巴比，死光！”

巴比从惊愕中惊醒过来，摘下手表按动红色按钮，一道炫目的白光直射怪物，一条腕足被削为两段。雄海怪高高跃起，猛吼一声扑过来，巴比举起手表，对准怪物头部又按了一下，雄海怪哀号一声，庞大而沉重的躯体颓然落在海水中。其他海怪一见，立刻逃之夭夭。

一场血战终于结束。缓慢苏醒过来的海豚迈克、大虎鲨、二虎鲨以及伤痕累累的鲸鲨纷纷游到巴比和海龟身边，庆贺他们的胜利，感谢巴比的帮助。巴比说：“应该感谢的是我亲爱的爸爸和妈妈，是他们给我的力量。我一定不辜负他们的期望，尽快找到大西国。”

《巴比与海底大西国》，长春出版社，1997年2月，赵喆改编

马里亚纳海沟探秘

陈治平

马里亚纳海岛位于太平洋关岛以北3000千米处的海底，最深点为11034米，如果把地球上最高的山峰喜马拉雅山珠穆朗玛峰挪到海沟中，它的顶峰距海平面还有2185.87米。

巴比和海龟阿毛、海豚迈克寻访大西国来到这儿。他们选择了一条斜坡平原。它由4000米至10000米缓慢倾斜，直到海底。巴比用爸爸给他的手表电脑测量着不同深度的温度。他们在海平面下3000米的海水中发现了海洋绿洲，这儿生活着许多神异的动物。海水温度随着深度升高，到80℃时，海豚迈克不敢再往前了，它说再下去就要被煮熟了。游到88℃时，海龟阿毛说，前面肯定是个活火山口，大西国不会在这里。

巴比坚决要弄个水落石出，坚持一口气游到火山口，在这里居然发现了一条章鱼。他想，章鱼能在这儿生活，我玛雅星球人为什么不能。他靠近海底热泉口，这儿温度高达350℃，可是照样有各种鱼在游。

巴比返身回到朋友身边，沿着斜坡平原继续下潜，终于到达沟底。巴比听哥哥巴颜皓讲过，地球人类唯一的一次深潜马里亚纳海沟的是美国深海探潜器发明家、深海探险家雅克·皮尔卡和美国海军中尉唐·沃尔塞共同设计的深潜器“的里雅斯特”号，他们下潜

的深度是10916米。

在沟底，巴比发现了一条扁鱼和两条古怪的鱼，还有长着11条腿的海星、小虾、灯笼鱼和海蚯蚓，原来万米深的海底也是一个充满着生命活力的世界。海龟阿毛说："我们沿着海沟走，鱼见了亮光会跑过来，如果我们要找的蛇灵灵看到了，也一定会跟过来的。"阿毛说只要找到蛇灵灵，就可以帮他们找到大西国。他们在海沟内见到深海动物不少都很庞大，长满丝状刺触手的水母直径有2米，在浅海区经常能见到的食肉管椎动物，在这儿却有二三十米长。很快，他们发现两个巨大的海底怪物，长着乌龟样的头，头围至少有20米，脖子很细，有五六米长，它张开大嘴露出的牙齿就像排列整齐的尖刀。

巴比立刻停止前行，摘下手表，随时预备还击。那怪物也停住了，双方对峙了整整一天。雄海怪动摇了，说："我们模样虽然可怕，但我们真心愿意和所有人做朋友。"巴比松了口气说："我是地球玛雅人，我们做朋友吧。"雄海怪自我介绍是阿留申，雌的是它妻子拉莎莎。

巴比向阿留申打听大西国。阿留申问拉莎莎，拉莎莎想起来，是蛇灵灵告诉它们，在印度洋有一座海底城市。原来阿留申它们也是蛇灵灵的好朋友。

巴比和两个朋友高兴得跳起来，因为他们很快就会找到蛇灵灵，很快就可以到达大西国，见到地球玛雅人了。

《巴比与海底大西国》，长春出版社，1997年2月，赵喆改编

海蛇灵灵和海底古城

陈治平

阿留申夫妇带领巴比他们翻越了数不清的海沟中的山陵，终于来到一个可以容下一条巨蓝鲸的岩洞前。蛇灵灵正在里面睡大觉。阿留申叫醒蛇灵灵，把巴比等朋友介绍给蛇灵灵。蛇灵灵高兴地拿出一支海底灵芝草招待客人。蛇灵灵告诉巴比，这支灵芝的年龄比它还大。巴比问蛇灵灵有多大年纪，海龟阿毛要巴比数蛇灵灵身上的环，每一环就是一岁。巴比一数，有2857环。蛇灵灵说："在我的家族中，我还只是个孩子呢。"巴比忽然想起了哥哥巴颜皓给他讲过的一个故事。10年前，巴颜皓随考察队去南极，在南太平洋上见到远航船上捕获的一条绿色海蛇，数数环数是1687个，据说那还只是个婴儿年龄。如果以人的年龄推算，绿茸线海蛇能活20万年。

蛇灵灵知道巴比要找大西国后说，附近有一座能容纳几十万人口的海底城市，至少存在2000年了，但城中冷冷清清。另外，在印度洋中也有一座繁华的海底城市，但戒备森严，不允许任何人靠拢。巴比听说后马上要去。蛇灵灵送走海怪后，带他们到了就近的城市。这个海底城市在菲律宾以东的密克罗尼西亚群岛，群岛中最大的岛是波纳斯岛。岛上有一座石头古城。古城中有皇宫，人称马杜尔古城。传说整个群岛住的人数不超过5万。后来因为西大陆沉没海底，幸存下来的人无法生存，纷纷离岛而去。马杜尔古城变成了一座废墟。

古城到了，巴比用手表电脑测试，古城离海面只有300米，古城所有建筑物都是火山岩砌成的，巨大的石块长达10多米。越过城墙就是富丽堂皇的王宫、神庙、房舍。他们在城里没找到人，只有一群群的天使鱼、蝴蝶鱼、鳞鲀鱼游来游去。

巴比找到了石墙、石佛，最后在石板缝里发现有鱼群游出来，巴比将断石柱用力向石板砸去，石板上露出一个黑洞。巴比借助海底明珠进洞，在暗室里发现了一男一女两个光闪闪的水晶人头，还有数不清的金银珍宝。

巴比曾听哥哥说过，世界上现存3个水晶人头，它们都来自拉美地区，其中有两个是在墨西哥发现的。水晶人头是在3600年前由某些高级智慧生物仿造人头制的，也许就是玛雅人的杰作。

巴比小心地捧起那个用水晶拼成的人头，下巴还可以任意开合。巴比想不出水晶头有什么用，他又看到周围全是金冠饰品，最后发现一块石板，石板上刻满图案和文字，但没有一个字巴比能认得出来。海龟、海豚和蛇灵灵都来仔细辨认，都读不懂。蛇灵灵说："这些文字肯定是马杜尔古国用来记录他们历史的。既然巴比不认识，说明它不是玛雅文字，马杜尔古国也不可能是大西国。我看，我们还应该去印度洋。"

4位朋友离开马杜尔古城向印度洋进发。

《巴比与海底大西国》，长春出版社，1997年2月，赵喆改编

神奇的东印度洋海底渔场

陈治平

印度洋是世界第三大洋，总面积7491平方千米，以海底山脉为界分东西两部分。西印度洋洋底地形复杂，东印度洋洋底深而平坦，地壳稳定。玛雅人后代巴比和他的朋友们告别太平洋，进入印度洋寻找大西国的地球玛雅人。

巴比的哥哥巴颜皓跟他讲过印度洋和郑和下西洋的故事。600

年前，我国明朝的三宝太监郑和率领一支庞大的远征船队先后七次下西洋。明朝人那时称印度洋为西洋。当时一共有62艘巨大的远航船，中等船有122米长，宽近50米。郑和坐的那条宝船最大，长146.5米，宽59米。整个船队共计27800多人，一直航行到了非洲的东海岸和红海。

巴比把这些事告诉海龟阿毛。阿毛说它知道。当初郑和下西洋时，它一直跟随在船队后面。它还告诉巴比，为什么红海发红，因为海中有赤褐色的海藻，除红海外，以颜色命名的还有黄海，就是在渤海湾外面；地中海北面有个黑海，是个海盆，海底淤泥漆黑一片，其实水是清的；在北冰洋的一个边缘海还有白海，因为气候寒冷，一年中有200天以上覆盖着冰雪，远远望去，一片雪白。

巴比来到印度洋，和朋友们一口气潜入到2000米以下的海底，发现了数以亿计的银白色带鱼，条条带鱼都长达2米，整整挤了6千米；刚过去，又是挤得满满的大马哈鱼，又肥又大；再过去是欧洲鳇鱼。带领巴比去寻找大西国的蛇灵灵引导他们继续向前，不料他们在海底200米处的散热口被一个巨大的网罩住。接着一个个巨大的探照灯照射过来，蛇灵灵灵活，一下溜出网，不知钻到什么地方去了。巴比仔细再一看，过来一艘微型潜艇，舷窗旁站着一个银发的长者，跟着钻出了一个穿潜水服的孩子。原来是科学家司马欣格博士在海底研究，通过改变遗传因子方法培养出人们最喜欢得到的优良鱼种，前面巴比他们通过的地方，就是博士的海底渔场。他们通过控制海水中的不同温度，放养最适宜生长的鱼。

老博士欢迎巴比和朋友们的到来。边上的孩子是他的孙女，叫司马盈盈。她也讲了许多有趣的渔场故事，还介绍了鱼类医院和阳光反射塔。巴比觉得渔场真神奇，老博士说：“比起你们玛雅人来差远了。”

巴比急着问老博士是不是知道大西国。老博士摇摇头，说：“在遇到你以前，我还不相信有玛雅星球人，大西国只是听到传说，现在我相信，玛雅人还在，大西国也一定能找到。好孩子，你是个勇敢的孩子，相信你一定会成功的。”

巴比心头热乎乎的，老博士的话，坚定了他寻找大西国的信念。

《巴比与海底大西国》，长春出版社，1997年2月，赵喆改编

出没在神果之乡的恶魔

陈治平

巴比和朋友海豚迈克、海龟阿毛继续沿着海底山脉向西印度洋进发。蛇灵灵本来是带领他们前进的，现在不知跑到什么地方去了，他们只得自己先走。

刚到达西印度洋中心，一个外形十分像人的心脏的果实落入到巴比怀中。这果实有30厘米长，15千克重，由两瓣组成，中间有一条优美的深沟，果壳坚硬，呈灰黑色。

巴比不知是什么，海龟说它叫神果。有个古老的传说，在印度洋的海岛上散居的土著居民，在几十年乃至几百年中会偶尔捡到一个神果，人吃了后精力强盛，不知疲倦。果壳还是解毒的仙丹。人们争相传告神果的妙用。后来，东印度洋马尔代夫海岛上的国王下命令，神果归国王所有，谁捡到后不交，就砍手或杀头。还听说罗马王朝的皇帝鲁道夫二世以4000金币的高价从荷兰的一位海军上将手中买走一颗神果。鲁道夫二世用纯金包在神果的外壳上，将神果的壳做成饮酒的器皿。这一件神果壳酒具至今还陈列在伦敦的大英博物馆。

巴比觉得奇怪的是海里没有树，怎么能长果子？阿毛告诉巴比，海底椰果实际上是生长在西印度洋的海岛上。它生长得特别慢，从海椰壳到真正发出芽来要3年，从小芽到长成小树要7年，小树长成全树要1000年。果实成熟后便滚落入海中。椰子的雌树和雄树遇上暴风雨就会紧紧抱在一起。神果树大约有4000棵，很多长在神果之乡普拉兰岛上。

巴比想去普拉兰岛看看，海龟阿毛爷爷和海豚迈克都同意。经过一天路程，他们到达了西印度洋上的海岛小国塞舌尔。普拉兰岛归属塞国，是90余座花岗岩海岛中的一个。在远远的海中向普拉兰岛望去，海椰树犹如一个个婀娜多姿的少女。

巴比头一个冲上岛，来到树边往上爬，刚爬上树冠，树下一阵怒吼，几个土著人用黑洞洞的枪口对准了他，说他是偷神果的贼。巴比从树上摔下来，躲过几个追赶他的土著人。

正危急时刻，海椰林上空飞来个飞碟，射出一道白炽的光，把几个土著人全部击倒在地，又发出一道绿光，将巴比吸进了飞碟。巴比假装昏迷，被扔进了舱里，不一会儿，舱里一连滚进来好多个神果。

巴比想，这些人一定是来抢神果的。他问一个走进来的长着鹰钩鼻子的人，为什么要抢别人的成果。鹰钩鼻子说，他在海底开了一家海底矿业公司，这次他主要是来救巴比的。他要神果，更要巴比的帮助。他已经把司马欣格博士和他孙女作为人质。巴比问要他帮助干什么事。鹰钩鼻子说："你要了解了"海盗柯玛与海底城"的故事，就会知道下面要你办什么事了。"

《巴比与海底大西国》，长春出版社，1997年2月，赵喆改编

海盗柯玛与海底城

陈治平

海底城在印度洋海底谷地中，四周都是海底山脉。城由302座圆锥形钢铁建筑组成，由两座制氧工厂和一家海水淡化转换厂提供氧气和淡水供应居民。居民们享受现代文明世界所拥有的一切，闭路电视能收看到世界各国100家大电视台的节日，也能吃到世界各地的美味佳肴。凡是陆地上有的，这儿也有，陆地上没有的，这儿也有很多。有一种凶恶的“海底霸王”恐龙守卫着海底城市。

这座海底城市就是玛雅人后代巴比想寻找的地方，生活着海底大西国的地球玛雅人。知道万米海底情况的只有海龟阿毛的好朋友蛇灵灵，因为它生活在万米深海。

蛇灵灵领巴比和海豚迈克、海龟阿毛来到普兰岛寻访神果，不想遇到偷神果的坏蛋鹰钩鼻子柯玛。柯玛抢去了神果，又把巴比吸进飞碟带到海底城来。他已经把巴比在海底渔场结识的老博士司马欣格和孙女司马盈盈关押起来作为人质，还用暴力把海底城元首小普因利斯坦控制起来，霸占了制氧厂和海水淡化转换厂。

柯玛的目的不光是想统治整个海底世界，还要把200年前沉没在海底的藏有数不清珍宝的三桅大帆船“克洛斯维诺尔”号的财富拿到手。柯玛是从一本当时遇难幸存者写的书里知道这一切的。许多人作过尝试都没成功，柯玛也曾在海底设法打通通向船舱的隧道，最后也失败了。他知道巴比是玛雅人，又见到了他身上的明珠、手表，相信他一定能搞到这批财宝。

巴比没有立即同意去船舱取宝，而是要求先见到博士和他孙女，以及元首小普利因斯坦。巴比见到司马博士，博士告诉巴比，柯玛到渔场劫持了他和孙女盈盈，关到海底城，要他们说服巴比为柯玛干事，要不然就要杀死盈盈。海底城元首告诉巴比，他的爷爷是钢铁和海洋学专家，爸爸也是位酷爱和平，厌恶战争的学者，他们和一批批志同道合者来到海底建立和平、友善的世界，生活一直过得愉快、宁静。他们建立了海底矿业公司，取得大量资源。爷爷和爸爸操劳过度先后去世，小普因利斯坦继承祖业，把城市管理得很好，却忽略了氧气和淡水转化厂的保卫，被柯玛钻了空子，使居民只能在有限的自救装置下度日。

海底城元首知道柯玛与巴比的交换条件，劝巴比不要轻信海盗柯玛的话。巴比说，柯玛不就是为了钱吗，成了富翁还要别的什么呢。司马博士也劝元首不妨一试。巴比立即通知柯玛，提出条件，叫他完全撤出海水制氧厂和淡水转换厂及盘踞在海底山脉周围的海盗。在寻到珍宝后，柯玛立即回到陆地上去，保证海底城原有的平静安定的生活。

恶魔柯玛听完巴比的条件后，哈哈大笑说：“完全依你们，立即进行。”巴比很高兴，元首却担心。结果会是怎样，《巴比剿灭海盗柯玛》将给你做出答案。

《巴比与海底大西国》，长春出版社，1997年2月，赵喆改编

巴比剿灭海盗柯玛

陈治平

海盗柯玛想得到海底沉船宝藏，抓住巴比，绑架司马欣格博士和他的孙女，霸占海底城，控制制氧厂和淡水转换厂。巴比最后同意去海底沉船取宝，与海盗柯玛讲好条件。按条件规定，在海底城

元首和司马博士的严密监督下，所有120名海盗全部撤出，登上一艘中型潜艇。巴比正计算着海盗人数时，看到了好朋友海蛇灵灵的绿光一闪而过。柯玛等海盗撤完后，要巴比履行诺言。巴比提出光他一人不行，还必须有他的朋友海豚迈克、海龟阿毛和海蛇灵灵。柯玛同意，一面派出飞碟将在普拉兰岛的海豚、海龟接来，一面开动飞碟中的电动扫描装置，很快在一条狭窄的海沟里发现了蛇灵灵，一道绿光把海蛇击晕，吸进了飞碟。

海蛇从昏迷中醒来，听说了海盗柯玛的罪恶阴谋，气得直咬牙，急催着巴比把柯玛除掉。巴比解释说，杀死柯玛容易，他还有一批爪牙帮凶，在海底会继续捣乱，还会出现新的柯玛。现在要采用调虎离山计，把他们统统集合起来，在寻宝过程中，找机会一网打尽。巴比说服了蛇灵灵，海豚和海龟也连声说好。朋友们达成共识，立即向好望角沉船区进发。

从神果之乡普拉兰岛到好望角，要绕过马达加斯加岛，行程5000多海里(1海里等于1.852千米)，巴比和朋友们只用3天就到了。在柯玛划定的海域里，巴比和朋友们潜入海底，蛇灵灵很快发现了乱石下有个洞穴。巴比先进去，用明珠照着，里面是一条200米长的隧道，隧道尽头正好是沉船的船底。底部的木质已经腐烂。巴比用手轻轻一推，木板纷纷解体。蛇灵灵从后面赶上前把舱壁撞开一个洞，他们进入了船舱。

船舱内，一排几十只规格相同的木箱堆放着。有两只箱子已经散开，红、蓝宝石和翡翠撒在地上。巴比打开顶上一个箱子，里面是满满的金币、银锭、金刚石。自从1782年6月起就一直在海底深藏不露的巨额珍宝终于被找到。巴比正想和蛇灵灵商量下一步怎么办，后面一下跟进了几个穿潜水服的海盗，他们见到珍宝就一拥而上去争抢。巴比和蛇灵灵立即从原路返回。洞口已被扩得很大，不少海盗都等在那儿。巴比走进潜艇，把顺手带出来的红、蓝宝石交给柯玛，要柯玛履行诺言。不料柯玛脸色一变说："世上哪有这样便宜的事！我说话从来不算数，我从出娘胎起就发誓要做世界的霸主。我不光要控制海底城，我还要控制整个人类、整个世界。巴比，你确实是个孩子，怎么能够设想，我会让你活着离开的我飞碟呢？我知道你是玛雅星球人，但我不怕。你马上去找你的那些朋友们，等待着最后的时刻到来吧。"

巴比默默站起来，刚要动手，柯玛要他把发光的明珠交出来，以便找宝照明用。巴比把明珠扔在地上，柯玛立刻捧起，得意地发出怪笑，又问巴比手上的表是干什么用的，要他也交出来。巴比回答说手表要比明珠好100倍。柯玛脸上的肌肉疯狂地抽动着说："快交出来，我可以免你一死！"巴比摘下手表，对准柯玛按动按钮，一道炫目的亮光闪过，柯玛的头颅滚落到地上。巴比又跑进驾驶室和船舱，把海盗一一击毙，然后用话筒模仿柯玛的声音，命令艇上所有人员全部进入隧道抢运珍宝。顿时，海盗们离艇向隧道冲去。巴比让司马欣格教授他们全部登上潜艇，他只身来到隧道洞口，只见所有海盗都在洞中争抢珍宝。巴比来到隧道顶发射出数道死光，顷刻间，"轰隆"一声巨响，大面积崩塌的岩石，不留缝隙地埋住了整条隧道。

潜艇中的司马博士和孙女盈盈、海底城元首在舱中听到响声，又见到巴比凯旋，纷纷向他挥手祝贺。巴比用意念向潜艇中的朋友告别，说他已为海底城重新找回了和平与宁静，他的任务完成了。海底城不是他原来想找的大西国，他还是要继续他的目标，寻找地球玛雅人。

4位朋友挺起胸膛，振奋精神直奔好望角。

《巴比与海底大西国》，长春出版社，1997年2月，赵喆改编

勇闯好望角

陈治平

好望角地处非洲大陆最南端，北连开普半岛，孤独地挺立在印度洋和大西洋交汇处。1487年8月，葡萄牙航海探险家迪亚士为寻找财宝率3艘单帆木船沿非洲西海岸向南航行，进入大西洋后风暴骤起，10多米高的巨浪排山倒海压来，木帆船被抛来抛去，颠簸了10多个日夜后漂到非洲最南端。迪亚士想起这可怕的历程，把中间见到的一个岬角命名为“风暴角”，也就是好望角。越过好望角，就可以到达盛产黄金、香料的印度。在500年后的今天，好望角已成为全世界最繁忙的航道，每年绕过好望角的船只达两三万艘，平均每小时在3艘以上，年货运量超过了7亿吨。

关于好望角的故事，海龟阿毛也知道不少。比如迪亚士的同胞达·伽马在迪亚士之后也曾率领远航队绕过好望角到达印度，从那儿带回黄金、香料，获利是他成本的60倍。迪亚士眼红了，跟着再去，却在返程途中葬身好望角海底。以后，一艘满载4.9万吨原油的“世界荣誉号”巨轮途经好望角，被20米高的巨浪掀起，摔成两段，沉没海底。近30年里，先后有10多艘万吨级航船沉没海底，好望角简直成了“多难之角。”

阿毛爷爷说：“好望角给人们带来了发财的希望，所以人们还是愿意称它为好望角……”他的话没说完，刚刚还波涛平静的海面上，顷刻之间变得狂风怒号，浪涛滚滚。阿毛招呼巴比坐在它背上马上潜入海底，已经来不及了。他们犹如一片落叶，被狂虐的巨浪抛卷起来，掉进漩涡中。蛇灵灵大喊：“我们要被卷进漩涡了。”他们竭力想冲出漩涡，但巨大的漩涡将巴比他们卷入海底，强大的海流又把他们转得晕晕沉沉，送到几千千米之外，随后，一股激流又把他们从海底托出海面。

呼吸到新鲜空气的蛇灵灵先清醒过来，天空一片晴朗。看着紧闭双眼的巴比、海豚迈克和海龟阿毛，蛇灵灵靠近巴比大声呼喊他的名字。巴比还没弄清楚是怎么回事，海龟阿毛叫喊起来："朋友们，海浪把我们送到了圣赫勒拿岛！"巴比以为自己听错了，圣赫勒拿岛距好望角有3000多海里呢。

4个朋友高兴极了，他们已经把好望角远远地抛在了后面。他们立刻向大西国进发，去寻找地球玛雅人。

《巴比与海底大西国》，长春出版社，1997年2月，赵喆改编

智擒雾海幽灵

陈治平

玛雅人后代巴比和好朋友海豚迈克、海龟阿毛、海蛇灵灵去大西国寻找地球玛雅人。他们从太平洋到印度洋，历经艰险，绕过好望角来到大西洋中部的圣赫勒拿岛。这个岛孤独空寂，像一座光秃秃的坟墓。法国伟大的军事家拿破仑当年在滑铁卢吃了败仗，被英国人关押到距法国本土万里之外的这个岛上。英国人在岛周围派驻战舰重兵日夜监视巡逻。海龟阿毛说："100多年前我来到这里，还见到过拿破仑。虽然他被打败了，但他仍然英武轩昂，神采照人，威武地骑在发亮的骏马上。"正说着，阿毛突然大喊起来，它看到远处有个黑乎乎的怪物快速向岛上冲来。原来是一枚被称为"雾海幽灵"的相当于10吨TNT炸药威力的鱼雷死神号。海龟告诉朋友们，80年前，1916年5月31日英国和德国在欧洲北部的日德兰半岛北海海面上激战，英国的鲁普斯号战舰向德国的驱逐舰发射鱼雷。眼看很快要击中驱逐舰，鱼雷突然来了个大转弯，莫名其妙地

冲进了大西洋。从此，它在大西洋上像幽灵般地出现，许多战舰设法堵截它，都堵不着。商船经常为了躲避它而船毁人亡。它横行了30年，1972年神秘地消失在大西洋中。

海龟对巴比说，这鱼雷很怪，在四大洋游窜几十年，不要维修，不要补给，能逃脱地球人先进手段的堵截，不可能是一颗普通的鱼雷。巴比想到这“雾海幽灵”给地球人带来的灾难，决心要炸毁它。他们顺着激流追击很久，鱼雷没追到，却来到了非洲西海岸的几内亚湾。因为走错了路，迈克有些泄气。巴比和朋友们都互相鼓励继续寻找，你追我赶地进入了巴勒比海，绕过圣马丁岛、波多黎各岛、特科斯群岛、海地岛，到达巴哈马群岛。

巴比听过哥哥巴颜皓介绍，巴哈马群岛由圣萨尔瓦多等14个大岛、大约3000个小岛及珊瑚礁组成，面积为13950平方千米。1492年8月3日，西班牙航海家哥伦布历经36天艰难航行到达这里。哥伦布见到这里绿树成荫的好风光，认为是幸运的开端，便命名为“圣萨尔瓦多”，西班牙语就是救世主的意思。

4个朋友决定沿着群岛南部行进。刚到克鲁克岛，巴比发现了在圣赫勒拿岛上见到过的怪物“雾海幽灵”。海豚迈克立刻招呼巴比摘下手表，用死光瞄准远处正快速而来的“死神号”鱼雷。巴比按动按钮，在百分之一秒的刹那间，一连数道死光准确地击中“雾海幽灵”的腰部，“轰”的一声，一条高达百米的巨大水柱直冲云天，“死神号”鱼雷结束了几十年“幽灵”历史，寿终正寝。

巴比、迈克、海蛇灵灵纵情欢呼。海龟阿毛摇摇头说：“‘雾海幽灵’消灭了，我们要进入的百慕大三角，才真是大西洋中比魔鬼还要恐怖的阎王殿呢！”

《巴比与海底大西国》，长春出版社，1997年2月，赵喆改编

闯入恐怖的百慕大三角

陈治平

一提起百慕大三角，世界各国航海者都会毛骨悚然。百慕大三角是指3个顶点分别位于百慕大群岛、佛罗里达半岛南端和波多黎各岛的圣胡安之间的一块三角形海域，共有300多个珊瑚岛。百慕大群岛于1515年由西班牙人胡安·德贝尔木德斯发现。传说群岛中的比米尼岛有口长生不老仙泉，但只是传说，谁都没见到过，只听到这儿不断失事死人。近80年来就有400多艘船、上百架飞机失事和2000多人丧生。

巴比和海豚迈克、海龟阿毛、海蛇灵灵历尽艰难，来到这魔鬼三角海域。刚进海域，便遇上风暴，巨大的水柱从五六米到高达上百米。巴比他们遇上了海底台风。海龟阿毛建议躲到海底去，但巴比却想见见“魔鬼”的真面目。

刚过克鲁克德岛，又遇上大漩涡，直径有500海里，海龟阿毛说这不算大，最大的有上千海里。地球上的科学家说，特别强大的重力场和磁力场可以使海水产生强大的漩涡。巴比听哥哥巴颜皓说过，大漩涡就是一面大的凹透镜，能把光聚在一点上。古时候，大科学家阿基米德用凹透镜反射太阳光烧毁了罗马侵略者的战舰。如果是500海里大的凹透镜所聚集反射的光，就是一道死光，可以把飞入聚焦点的飞机熔化。即使不飞到聚焦点，在附近也会被漩涡卷入海底。

海龟阿毛补充说，地球是个大磁场，根据电磁感应原理，漩涡快速运转就像金属棒在地球这个大磁场中做切割磁力线运动。这样就会产生电流，电流又会影响磁场的变化，就会造成飞机仪器失灵，无线电受到干扰，甚至中断。

巴比十分佩服海龟阿毛的博学。海龟说这不是它的发现，只是听到科学家们的解释。据介绍关于这里还有什么天体引力论、火山爆发论等许多说法。就在海龟阿毛解释时，海水陡然下陷，在海面上形成了一个巨大的漏斗，接着一个神奇的火球悄然飘到漩涡中心上空。巴比他们还没有弄清是怎么回事，火球已飘到巴比和朋友们的头顶上，又突然加速，笔直地坠入漩涡中心的空洞中。巴比和朋友们立即被卷入漩涡，落在海底金字塔的旁边。

《巴比与海底大西国》，长春出版社，1997年2月，赵喆改编

海底金字塔之谜

陈治平

玛雅人后代巴比和3个好朋友寻找海底大西国，在百慕大三角被突然袭来的火球卷入海底。巴比在被抛向深海的过程中保持着清醒的头脑，坚持顺着海浪狂奔，最后终于落在一座金字塔边上。

巴比和朋友们绕着金字塔转了一圈，这座塔高200米，每边长300米，塔尖在海面下100米。

巴比的哥哥巴颜皓在5年前就把有关金字塔的故事讲给他听了。埃及人称金字塔为“庇里穆斯”，四面是上小下大的等腰三角形，很像汉字的“金”字。世界上最大的金字塔是埃及第四王朝法老胡夫的陵墓。塔高146.5米，相当于40层摩天大楼那么高，占地5.29万平方米，由230万块大小不一的石块砌成，每块石头平均重2.5吨。如果用7吨载重汽车来装，要装978286万辆车，连接起来相当于从中国南海的海南岛一直排到黑龙江的漠河。而海底金字塔比胡夫的金字塔还要高53.5米，每一底边还要长69.4米。巴比和朋友们都想象不

出，谁能有那样的能力来建造它。

巴比在金字塔的腰际见到了两个巨大的洞，大量的海水在往里面涌。巴比提出他要进洞去探个究竟。海龟阿毛不同意。海蛇灵灵支持巴比，最后同巴比一起进入洞中。一次、二次、三次都未发现什么，但巴比发现了一个洞中之洞。第4次他抓住转瞬即逝的时机，飞身一跃，跃入了海底金字塔的洞中之洞。

几分钟后，海水逐渐平静，他见到石壁上有扇凹进去的石门，伸手一推，石门打开，里面是间石屋。

踏进石屋，石门自动关闭，漆黑的屋中顿时明亮起来。巴比看到一尊高2米的石人，仰头望着石屋顶处，似乎在焦急地等待。

巴比在石像后见到一个石球，石球上刻着一行远古时期的玛雅文字：如果你是来自玛雅星球，请用意念力使石球旋转。

巴比照着做了，壁中石球一颤，缓慢地转了一圈，石球球面上出现不同的凹凸景象，还刻有一行玛雅文字：请按照下述方法分别按动石人的左手手心和右手中指指尖。

巴比又照着按了一下，不一会儿，一个火球不知从何升起，越过石门，向金字塔顶端飘上去。巴比跟上去，来到一个有数以百计的金属圆球的石屋，火球消失，石门关闭。紧跟着，石屋中突然响起一个巴比听不懂的声音，像是在说着什么。

巴比强迫自己镇定下来，用意念介绍自己，希望再一次听到他能听懂的话。但是，声音不再传来。巴比慢慢地在石屋里走来走去，他踩的一块石板忽然松动，巴比还来不及喊出声，就随着石板落下。跟着，汹涌的海水将他吞没，抛出石屋，落到海底。他又回到了金字塔边，原来看到的一切全都没有了。

《巴比与海底大西国》，长春出版社，1997年2月，赵喆改编

座头鲸之歌

陈治平

大西洋中有一种会唱歌的座头鲸，外貌奇特，背脊向上弓起，胸部鳍状肢特别长，像鸟的翅膀，有人称之为驼背鲸、大翼鲸，一般的有10多米长，40多吨重。座头鲸的歌声由18种不同声音组成，如果用录音机录下来，再加快14倍放出来，就像鸟鸣。座头鲸聚在一起时，各唱各的，组成和谐乐曲，奇特的是同一海域的座头鲸每年都要换一首新歌。1977年美国宇航局在发射旅行者1号和2号宇宙飞船时，曾录下一些声音作为地球人向宇宙人传达信息的特使。地球中的35种声音里，就有座头鲸美妙的歌声。

地球玛雅人巴比和朋友们走散，在寻找朋友的过程中听到歌声，循声找到了座头鲸。这儿，9条座头鲸正围成一圈在欢蹦乱跳，搅动海水把鱼虾引来，饱餐之后尽情欢乐。座头鲸的歌声也吸引了不少围观者，巴比在这儿又遇上了好朋友海龟阿毛。

正说话间，远处传来一条座头鲸遇难求救的呼声，9头鲸立即循声赶去，巴比和海龟也紧随过去。在无名海岛的沙滩边，一条搁浅在海滩上的座头鲸正在阳光曝晒下挣扎。海边，巴比的另一位朋友海豚迈克正率领一群海豚在帮助抢救。

这时又一条座头鲸冲上海滩搁浅了。巴比冲上海滩，正好岛上过来一群土著人，巴比向他们求救。善良的土著人立刻拿来水盆、水桶，从海里打水往座头鲸身上喷浇。巴比和海豚们先把一条靠海的座头鲸拉到海里，又组织9条座头鲸排成直线，集体往上蹦跳，用落水时的重力把海水推上沙滩。巴比和朋友们使劲推拉，搁浅的座头鲸终于返回了大海。座头鲸欢呼跳跃，感谢巴比和朋友们的帮助，海面上响起了高昂、悦耳的歌声。

在欢快的歌声中，巴比挥手向座头鲸告别，向土著人告别，和海龟阿毛、海豚迈克踏上寻找海底大西国的征途。

《巴比与海底大西国》，长春出版社，1997年2月，赵喆改编

火山“肚”内的海底飞碟基地

陈治平

地球玛雅人后代巴比和好朋友海龟阿毛互相谈了分散后的遭遇。海龟说，他们从金字塔出来后迷失方向，主要是受地球导航波浪影响，波浪是受地球磁场影响的，一干扰便会混乱。正说时，天空响起一阵急促的铜铃声，接着西北方云层中飞来一艘颜色鲜红的像一支雪茄样的飞船。飞船越过巴比头顶后，在数千米外的东南面一头扎进水中，只一会儿，水面平静如初。巴比凭第六感觉知道，水下有个飞碟基地。巴比用手表电脑搜索，测出西北方向海底有个大热源。深海里，巴比看到了许多会发光的鱼，有银线鱼、烛光鱼，等等。海龟阿毛告诉巴比，深海中有44%的鱼都会发光，像丝嘴鱼、蝰鱼、灯颊鲷鱼、固灯鱼、光棒鱼，还有许多能发光的植物和贝类。快接近热源时，他们见到一个广阔的海底火山群，有上百座火山，有几座正在喷吐着灼热的岩浆，附近的海水温度高达500℃。海龟、海豚受不得酷热，只有巴比往前直冲。他汗水淋淋，但见到有不少小鱼居然自由自在地在火山口边游来游去，他想火山口一定不会太危险，否则火山群内外就不可能有生命圈。他跟随着小鱼从一个火山口游到另一个火山口，在大峡谷旁，看见一个银白色的圆盘飞碟贴着海底在行进，很快钻进火山口。巴比鼓足勇气跟着冲进去，一下觉得自己掉进了大火炉，头发都被烧掉了，肌

肉、骨头也烧着了。他惊恐地大叫一声，掉入“黑洞”，昏迷过去。不一会儿，他听到有人在议论自己，睁开眼看，是4个矮人，长得很丑。一个叫噜嘛咕的首领开口问巴比怎么会来到这儿，巴比把寻找大西国的事说了。噜嘛咕告诉巴比，他们是地球的地下人，1000万年前因地球上发生灾难，被迫转到地下的。他说巴比看到的是他们的飞碟基地，基地上有几十架不同样式的飞机，是为适应飞往地面和太空的不同需要而设计的。巴比不解地问为什么要把基地设置在火山口里，噜嘛咕回答是为了安全，海底火山群是十分稳定的。巴比问大西国在哪里，噜嘛咕回答说，在他们基地西南马尾藻海下有座古城就叫大西洲，可是大西国的人已经走掉了，在什么地方他没有说出来。

第六感官告诉巴比，噜嘛咕很可能知道大西国玛雅人的隐蔽居住点，他不说出来估计有难言的苦衷。巴比对噜嘛咕说，他有两个好朋友，他们一定会帮助他找到大西国的。巴比答应等找到大西国以后，争取再去参观火山群下的地下世界。在噜嘛咕帮助下，巴比很快找到了海豚和海龟，重新踏上了寻找大西国的征途。

《巴比与海底大西国》，长春出版社，1997年2月，赵喆改编

这就是海底大西洲

陈治平

巴比与好朋友海豚迈克、海龟阿毛立即决定朝西南方向前进。离火山群不远，他们发现了一段古老城墙。城墙用红色岩石砌成，每块岩石有5～6米长，2米高，1米宽，城墙宽10余米，高约30米，有几处已经塌毁。巴比他们沿城墙进去，又遇到白和黑两道城墙。黑城墙里有一条笔直的街道，两边有房屋，走到尽头，有一群高50

米的石像，总共有64尊。巴比知道，玛雅人在计算时间方面有个巨大数字——“阿托盾”，它等于地球上的6400万年，64尊石像与6400万年有什么联系，巴比说不清楚。

过了石像群，他们见到了宫殿和神庙，两座建筑铺的也是红、黑、白3种石头。海龟高兴地说，他的爷爷曾到过大西洲，见到那里所有的建筑都是用红、黑、白3色岩石建造的。

巴比激动得抱住边上的大石柱落下了眼泪。忽然，石柱上显示出了图案，图案上有许多船队，正在往北冰洋方向行驶。巴比进入神庙，见到了一尊高约2米的水晶人，脚下的圆球上刻着一行玛雅文字：“如果你是玛雅星球的使者，请用意念力使我旋转。”

巴比照着做了，突然脚下一颤动，巴比随着石板落到了神庙的地宫中。他发现自己站在一艘敞开着的巨大圆盘状的飞船里，飞船直径有80米。

巴比沿着飞船爬上顶部，意外发现一座纯金的金字塔，塔的正面镂刻着一封致玛雅星球使者的信，信是全体玛雅地球人写的。他们介绍了宇宙灾变发生后的情况，诉说地球上人类相互争夺和其他星球纷纷对地球的侵袭。玛雅地球人为了地球长期的利益，打退了外星球的入侵，并把它们赶出太阳系，他们自己也迁到了不可能为地球人类知道的地方去。他们渴望见到玛雅星球的使者，但是在没有完全核实其身份之前，他们是不会走出来迎接的。

海龟爷爷想不出应该去哪儿寻找地球玛雅人。巴比想起了刚才在石柱上见到的图案，提议去北冰洋寻找，因为图案上的船队是向北冰洋方向行进。3个朋友告别大西洲，向海面游去。他们有充分信心找到大西国。

《巴比与海底大西国》，长春出版社，1997年2月，赵喆改编

冰山奇遇

陈治平

北冰洋是地球上最小的洋。它以北极为中心，被亚洲、欧洲与北美洲怀抱，面积1310万平方千米，是地球海洋面积的3.6%。北冰洋以白令海峡与太平洋分界，以斯堪的纳维亚半岛的北端诺尔表角，向西南经冰岛，横越丹麦海峡，由格陵兰岛南端至戴维斯海峡南缘与大西洋分界。

玛雅人后代巴比和朋友海豚迈克、海龟阿毛刚越过格陵兰最南端的法韦尔角进入北冰洋，立刻被一座壮丽雄奇的冰山震惊了。海龟阿毛告诉巴比，这样的冰山在巴芬湾一带每天可以生产出20多座。巴比想起哥哥巴颜皓给他讲过，一艘很有名的英国人造的最先进、最豪华的远洋钢铁巨轮泰坦尼克号就是在横渡大西洋时，撞在冰山上沉没的，那是1912年4月15日的事。这儿的海域有3810米深，当时船上共有2207人，仅有704人获救，后来又听说80年后在沉没点附近又发现了两个人，海龟阿毛不大相信。

正在这时，海豚迈克看到了远处冰山坡上躺着一位年轻的女士，他们急忙赶过去。巴比小心地把女士抱到避风的冰岩旁，女士醒过来，说他们的船刚刚沉没，她和所有的人都落了水，她被一股巨浪托起，抛到岸边，昏迷过去。女士问巴比今天是什么日子，巴比告诉她，她不信，说是1912年4月15日。

巴比记起大哥讲到的一件事：泰坦尼克号沉没之前，船长号召让妇女和孩子们先走，一位史密斯夫人把自己的两个孩子送上救生艇后，小艇再也容不下更多人了。史密斯夫人绝望地喊了声："孩子不能没有妈妈，让我上船吧！"这时有一位已在艇上的年轻小姐玛丽就主动回到泰坦尼克号船上，把生的希望留给了史密斯夫人。

巴比想不到，86年之后玛丽小姐竟会出现在这里。他想起哥哥曾经说过当时对获救的人数统计时相差两个人，其中一个是他现在遇到的玛丽小姐，另一个是船长史密斯。当时船长认为船被撞沉了，他理应与船同归于尽，坚决拒绝登上救生艇。又有说法是，几十年后欧洲的一个海洋科学考察小组在冰岛西南387千米处，意外发现一个60岁左右的男人身穿白星条制服坐在冰山边缘，他就是船长史密斯。考察组成员、海洋学家马温。艾德兰博士不相信，问他："如果你是船长，那应该是140岁了，因为时间已经相隔了80多年。"他们不由分说将船长拉上船送入医院治疗检查，还通过航海记录的指纹验证，确认获救老人真是船长史密斯。

玛丽小姐说，当时船长是跟她在一起的，以后的情况就不清楚了。巴比想起哥哥说过的话：学者们根据爱因斯坦的物质总能量公式推导，认为物质总能量有正负两个值，宇宙也是这样。人类所了解的只是宇宙的一半，是正物质；另一半反物质组成的体系人类根本不了解，进入了反物质世界，即进入了"时空隧道"。在"时空隧道"的弯曲部分，时间就会消失，从"时空隧道"中走出来，就是穿越时光再现。

巴比由此悟出，玛丽小姐一定是进入了"时空隧道"，现在又从"时空隧道"中走出来，正是穿越时光再现。巴比向玛丽解释，玛丽觉得不可思议。这时，海豚迈克见到不远处一艘万吨巨轮驶来，要玛丽赶快登上坡顶求救。

3个朋友等玛丽小姐被巨轮派出的救生艇救走后，又继续沿着冰山边缘向海底潜游而去。他们知道，海底大西国很快就会找到了。

《巴比与海底大西国》，长春出版社，1997年2月，赵喆改编

巴伦支海的笑容

陈治平

玛雅人后代巴比与好朋友海豚迈克、海龟阿毛沿着格陵兰岛行进。这儿终年冰封，最低温度为-65℃，即使在盛夏也不超过-3℃。岛上住着友善的爱斯基摩人，一路上向巴比他们打招呼。海龟阿毛认为走到全部冰封地带，玛雅人不可能休养生息，建议穿越格陵兰海向挪威海进发，然后进入巴伦支海。巴伦支海是荷兰航海家巴伦支最早发现的。这条线路为穿过北极海区，找到连接大西洋和太平洋的最短航线。巴伦支海也是海象、鲸、海豹的天堂。

巴比他们首先见到的是海象。海象群最喜欢乘冰山在海水中遨游，每群有几百只。他们走出不远，果然发现冰山，也见到数不清的海象争先恐后跃出水面，爬上冰山，一派热闹景象。海龟阿毛告诉巴比，在北冰洋航行的人都喜欢海象，称海象为冰山预报员。巴比他们见到了只有七八条的小鲸群。鲸群把他们又引到了栖息海豹的海域附近。

海豚告诉巴比，要接近海豹就应到下风头去，否则它们闻到人的气味就要跑掉。巴比照着做，绕了个圈，还没靠近，海豹发出一阵惊叫，都跳入水中逃跑了。

原来浮冰上出现了一头庞大的北极熊，北极熊是海豹最危险的敌人。海豹是用肺呼吸的，不能长时间待在水里，每15分钟左右就要浮上水面来换气。如果海面上结了冰，海豹就要在冰上挖洞。北极熊对海豹的这一习性很了解，会耐心地守候在洞口。海豹一不小心爬出洞，就会变成北极熊的美味佳肴。

北极熊走掉了，巴比看到了小鲸群又露出海面，纷纷喷出高高的水柱。这时，海龟高声招呼，巴比看到阿毛身边有个美丽的小女孩儿。海龟介绍说她是海蛇灵灵的朋友美人鱼姗姗。姗姗告诉他们海蛇灵灵在海底金字塔的火山口被烧伤，正在她家养伤，她的家在北极点以下。

巴比很高兴结识新朋友，他问，听说美人鱼只是传说，实际上是长得很丑的儒艮。姗姗说，儒艮和美人鱼不能混为一谈。巴比觉得自己问得不礼貌，所以表示歉意。4位朋友一起离开巴伦支海向更北的极海挺进。

《巴比与海底大西国》，长春出版社，1997年2月，赵喆改编

北极风雷

陈治平

姗姗知道巴比的愿望，决心帮助他寻找大西国。她告诉巴比许多关于北冰洋的知识。北冰洋的腹地在北纬80° 以上的地带。这儿冬天没有白天，一连数月都是漫漫黑夜，称为极夜；夏天很短暂，只有数周，这时候，太阳24小时总在地平线上转圈，人们称之为极昼。北极是一片覆盖冰雪的汪洋大海，深入北极地区的第一个人是挪威探险家南森；最先穿越北极海区从大西洋进入太平洋的也是挪威人，名叫阿蒙森，他在北极地区同爱斯基摩人一起共同度过了3个严冬；而第一个登上北极顶点的是美国海军上将皮尔里，当时有4个爱斯基摩人一起帮助他。

4个朋友在欢快声中渐渐接近北极点。他们感觉到北极海底的火山裂缝中喷出的热浪，又看到从岩浆中涌出遇水冷却凝结成的锰核球，这是一种海底宝藏。巴比正想进一步问，天空突然划过一道

红光，远处飞来一个飞碟。姗姗连声招呼："是3眼外星人来了，快跑。"但已经来不及了。飞碟放出红光把巴比他们罩住，又用一束绿光把他们从水中吸到空中。巴比立即摘下手表电脑，按动键钮发出死光，射向飞碟，飞碟颤动一下冒出黑烟，笔直地向冰崖上撞去。巴比只听到"轰"的一声，就跌落水中昏迷过去。

醒来时，巴比发现自己和爸爸巴海老人都被捆绑在座椅上。不一会儿，一个大鼻子3眼外星人博克图霍走进来。他要巴比和玛雅地球人交出高科技资料，并抓来巴海老人当作人质。

巴比对3眼外星人严词驳斥。3眼人退出，向屋内放进黄色烟雾。很快，巴海老人昏迷过去，巴比则在迷迷糊糊之中感到自己离开了3眼人飞船，进入了一个华丽的居室。随后有人给他喝了杯水，巴比惊醒过来，看到了曾经帮助过他的地球地下人噜嘛咕。

噜嘛咕把身边一个慈祥的老人介绍给巴比，这个老人就是巴比一心要找的玛雅星球人雅西爷爷。巴比扑到老人怀中，热泪纵横，他终于完成了生身父亲交给他的任务。

雅西老人告诉巴比，是他在冰岛附近与巴比们曾经遇到过的玛丽小姐通过"时空隧道"向地球玛雅人报的信。在寻找巴比的过程中，他们得知3眼外星人要掠夺地球，踏平海底大西国的狂妄野心，便给予了狠狠打击。3眼外星人狼狈逃窜。为了不让肮脏的残骸落在美丽的地球上，雅西老人决定等它靠近木星时再摧毁它。雅西老人打开荧光屏，巴比很快见到3眼外星人的飞船，又见到一艘菱形飞船在后追击。飞船一下分成了3艘，向3个方向飞驶，菱形飞船同时射出3束白光。在离地球6.3亿千米的木星附近，3艘飞船顿时化为3朵火花，火星点点，很快消失在荧光屏上。

雅西老人抚摸着看得惊呆的巴比说："孩子，我们回家吧。"

《巴比与海底大西国》，长春出版社，1997年2月，赵喆改编

绚丽辉煌的海底大西国

陈治平

海底大西国位于太平洋中一个处于热带浅水区的角落里。太平洋的面积有1.79亿万平方千米，占地球海洋面积的一半，地球上全部陆地的总和也不如太平洋大。地球玛雅人总计有300万人，都住在珊瑚虫构筑起来的“珊瑚礁”之下。珊瑚世界是地球玛雅人与珊瑚虫及众多海底生物的共同世界。巴比和朋友们欢乐地沐浴在透过海水照射进来的阳光下。他禁不住问雅西爷爷，这就是地球人说的返归大自然和“世外桃源”吗？雅西老人笑着回答：“如果我们也像地球人那样忙碌地生活，那我们就不必跑到海底下来了。这个时候，差不多所有的人都坐在电视机旁，焦急地观看重要的实况转播节目呢！”雅西老人举起右手用意念发出指令，立刻一艘奇特的海底快艇驶过来，把客人引进舱，又来到一个特制舱室。巴比推开门，大声喊叫起来，原来巴比的爸爸巴海老人、哥哥巴颜皓都在这儿，3人紧紧拥抱，热泪涌动。雅西爷爷紧握巴海老人的手，代表全体地球玛雅人感谢老人把巴比抚育成人，又无私地送巴比踏上寻找自己同胞的征程。雅西老人同时感谢巴颜皓，并将两把象征海底大西国公民的金钥匙赠给了巴海老人和巴颜皓博士。雅西老人最后握住巴比的手说：“孩子，你不愧是玛雅星球派来的使者，不愧是奋进号船长的儿子。我们向为打通‘宇宙死亡之河’的航线而牺牲的奋进号全体同胞致以崇高的敬意。”巴比流着泪对雅西爷爷说自己没有完成好爸爸交代的任务，没有把更先进的现代技术找到。雅西爷爷抹去巴比的泪水，同时轻轻摘下巴比脖子上的项圈说：“孩子，你的任务完成了。这个项圈就是个精密的电脑。它储藏了我们所需要的一切，包括飞越‘宇宙死亡之河’所必需的资料。”

雅西爷爷打开设置在舱壁的电视机，屏幕上立刻显现出一幅幅激动人心的画画，数十万人在中心广场上欢呼，一座纯金的地球玛雅人塑像仰头眺望远方。广场四周还挂着10多幅大标语，欢迎你——巴海老人和巴颜皓博士！热烈欢迎海龟阿毛、海豚迈克、海蛇灵灵、美人鱼姗姗！其中还有一幅是：向小英雄巴比致敬！

《巴比与海底大西国》，长春出版社，1997年2月，赵喆改编

不见血迹的谋杀

陈一水

深夜，科技公寓里发生了一起谋杀案。刑侦中尉郝怀永和刑侦技师小唐，带着侦破仪器赶到现场。

室内能嗅出高级润滑油的气味。死者的头盖骨被揭开，呈自然裂纹状，无撞击伤痕，大脑被窃走，怪异的是未见血迹。现场有可疑指纹和27厘米的波状胶底男性鞋印。

被害人白丽，女，25岁，在智能研究中心资料室工作，遭车祸头部受过伤。

保卫处长夏晴介绍：“她原来和刘鲁研究员很好，车祸后与张云研究员结了婚。我觉得大脑丢失值得重视。”

郝怀永又去找张云。

张云谈到与白丽的婚姻：“婚后发现她大脑后遗症相当严重，反应迟钝，表情单调，没有妻子的热情。后来我与王燕好上了，但她绝不是我杀害的。”

刘鲁的研究室。

郝怀永拿出白色工作服问：“是你的工作服吗？它搭在白丽的

尸体上。”

刘鲁惊呆了。

“昨晚你干什么去了？”

“在林荫路上散步，考虑问题。”

“谁能证明？”

“没人证明。”

小唐掏出胶鞋：“昨天，你穿过吗？”

“穿了，昨晚下了一阵小雨。”

郝怀永离开刘鲁的研究室。

在门卫室，门卫沙克开门时，郝怀永嗅到屋内有股高级润滑油气味，并注意了他脚上的胶鞋。郝怀永在记事本上写上“沙克”两字。

刑侦影像追录仪追录的结果已整理出来，图像虽有时模糊，但总算还留下了一个完整的过程。夜，灯亮着，白丽躺在沙发上睡觉。突然，一个白色人影进屋，坐在沙发上看电视，白丽问：“你怎么来了？”白影指指电视屏幕上一对男女在沙滩上追逐……白影边看边模仿，把白丽放倒在沙发床上，抚摸她的头，突然一愣：“你原来也是……我们一样的……”他用手在她脑后一扭，白丽顿时呆滞了，瘫软了。白影卡住她的脑袋，掏出一团白色的东西，走出门去……

仪器测定与事实调查基本吻合。

刑侦处转来几份偷窃、流氓案记录，案犯都穿波状花纹底塑胶鞋，脚长27厘米。是审查沙克的时候了。

审讯结果，沙克一问三不知，并说：“请找我的监护人刘鲁研究员，他会向你们说明。”

刘鲁去广州接乔教授了。

乔教授回到研究中心后对郝怀永说：“国家科技部门同意向你

个人公开我们的秘密。沙克是我们研制的人工智能人。他不会是凶手。”

“既然不是沙克干的，那么白影又是谁？”说罢，郝怀永拿出复制相片。

教授看后说：“是邦克，沙克的孪生兄弟。我们用一个模具制作的，沙克耳后有一红痣的记号。沙克派给刘鲁，邦克派给张云，分别进行训导。他俩把自身只能意会不能言传的信息带给了沙克和邦克。经考查，邦克嫉妒心太强。人工智能人是不会掩饰内心隐秘的，嫉妒心会使他做出十分残忍的事，所以给邦克撤了电能，让沙克继续试验，培养工作承受能力。”

张云不甘心训导的失败，趁教授去广州，对邦克盘查，探求症结所在。正巧，王燕拉他去看录像，他竟把邦克忘掉了。

邦克出走了，来到白丽家，带着张云潜移默化的意识，受到电视镜头的蛊惑，便发生了前述一幕。

邦克在外面又作案了，抢劫汽车，击伤司机。他因拒捕而受伤，但因带电接近不了他。刘鲁不得不使用激光喷枪，人制造的“生命”被人毁灭了。

教授连声叹道：“可惜！可惜！”

郝怀永纠正说：“可惜的是那些制造生命而不会训导生命的人。”

《“宇宙矛”的秘密》，新蕾出版社，1997年第7月，邵俊平改编

阴 谋

邓国栋

一个留“寸头”的男子与一个戴墨镜的人，为一点儿小事在争吵。比斯星人见了，为他们使人类失去理智的射线而高兴。这样一来，地球人会自相残杀，直至灭亡。

比斯星人无偿提供了水变油的技术，各种公司、商号大发其财。人们再也不怕能源危机，以汽油为燃料的机动车又大量出现了。没多久，地球上就不存在可供饮用的水了。比斯星人看到这一切，阴险地笑着：“愚蠢的地球人，汽油再好，也不能拿来喝啊！”

世界农业部长为从比斯星进口的高效杀虫剂叫好。杀虫剂它杀灭了所有害虫，但是连那些误食了被杀虫剂杀死的虫、鸟的动物也死去了。地球人为争夺粮食而自相残杀，世界农业部长才感到事情的严重性。而他的助手又带来比斯星产品——射线枪，用它来解决地球上的混乱。

当地球在为垃圾困扰时，人们从比斯星进口高效燃烧剂，撒在垃圾上。垃圾立刻变成一缕缕青烟。这种高效燃烧剂成为地球处理垃圾的好方法。

几年后，科学家发现高效燃烧剂的耗氧量比一般燃烧剂大 一万倍，燃烧时还会产生一种射线，能杀死绿色植物。又过了几年，残留在地球上的人类，已衰弱得只能苟延残喘，毫无抵抗能力。比斯星人像飞蝗一样降落至地球，比斯星军队徒手捕获了全球仅存的几十个人类。

《科幻世界》，1997年第12期，方人改编

宇宙边缘的故事

丁　峰

“五月花”飞船接到宇宙航行总署发来的电讯，让它全速驶向“莱姆R”星系，去寻找一艘探测飞船。驾驶室中，船长和大副是两个好色之徒，又在欺侮有着美丽女孩外形的宇航服务机器人雪儿。领航员林辉为保护雪儿，让雪儿晚上待在自己的卧室。

林辉要雪儿学会保护自己。雪儿却说：“自我保护前提是，禁止伤害人类。”林辉突然发现这个宇航服务机器人也有感情。

“五月花”飞船在超光速飞行，飞船飞进了宇宙中的旋涡。但要到达“莱姆R”恒星系必须穿过这个湍流区域。林辉对船长说：“穿过去！”

超光速飞行的“五月花”飞船终于通过了旋涡区。一天后，飞船到达了“莱姆R”星系。这是一颗呈暗红色的巨星，林辉开动搜索探测器，寻找失事飞船，发现一个微弱信号从“莱姆R”恒星系的一颗行星上发出。“五月花”迅速向那星球飞去。途中，飞船又遇到了宇宙湍流。顿时，天旋地转，飞船再次被卷进宇宙旋涡中。林辉还想让飞船冲出湍流，无奈“五月花”的能量已消耗殆尽，力不从心。“五月花”在旋涡中回荡，突然一个大浪把它打出了旋涡恢复了平静。3人死里逃生。

但是，“五月花”飞船遭到严重破坏，氧气制造舱、食物舱受损，主能源箱被卷走。飞船只得降落在无名星上。林辉向宇航总署发出了求救信号。无名星上满目荒芜，寸草不生。夜里，飞船外的温度接近绝对零摄氏度。船长、大副的眼神里充满了绝望和恐惧。船长又在欺侮雪儿，林辉与船长扭打起来。大副出来劝架，说要同心协力渡过难关，还说要寻找那艘失事的探测飞船。

船长和林辉在大副的劝说下表示和解。林辉根据探测情况判断失事飞船就在“五月花”飞船附近。船长要林辉走下飞船去寻找，林辉一下飞船，船长突然关上舱门。林辉向雪儿呼救，雪儿一动也不动。林辉只得向旷野走去，气温很低，他倒在地上失去了知觉。过了一会儿，林辉醒来，发现自己在一艘巨型飞船中，是雪儿抱住了他。

原来雪儿从飞船上跑出来，看见林辉倒在旷野，身体冻得像冰一样。雪儿一边把热量传给他，一边把他背到那艘坠毁的探测飞船上。雪儿是光子电脑机器人，带有人类情感感应装置。这种机器人不仅受先前输入的程序控制，也受情感控制。雪儿得知船长想把林辉骗下飞船谋害他，非常愤怒，于是推倒船长，打开舱门，冲出飞船，前来救援林辉。

林辉听完雪儿的叙述，感慨万千，情不自禁地抱住了雪儿。黑夜过去，红巨星升起，残缺的飞船外壳抵御不住高温，林辉与雪儿完全地融合在一起。当星际救援飞船来到时，坠毁的两艘飞船上的成员全部遇难。“五月花”飞船上两人自相残杀而死；一个女机器人守着一座人类坟墓，它的光子电脑完全烧毁。

《科幻世界》，1997年第9期，方人改编

宇航历险记

杜　渐

在23世纪，地球上人口爆炸，人满为患，婚姻受到严格管制。梦蕾的爸爸妈妈为了19岁女儿的终身大事，积极响应政府的移民号召，前往天琴座的Ω星（奥米伽星）。它离地球很远很远，须从太空港搭乘航天飞机，到太空中转站，再乘坐宇宙航行船，以亚光速飞行，经一年半的旅程，才能到达。

航天飞机从太空港起飞，突然舱里发出一声惊叫："哎哟，我的孩子，快下来！"原来前座上的小男孩儿小尊调皮地解开了安全带，整个身子像气球一样从座位上飘浮起来，手脚乱踢乱挣，像车轮一样转动。

梦蕾立刻解开安全带，轻轻一蹬，身子慢慢升起，刚好迎向反弹回来的孩子。梦蕾抱住了吓哭的小尊，抚摸和安慰着，把他送到妈妈身边。

到达太空中转站后，为了搭乘尼美西斯号，他们在旅馆中住了一个星期。

尼美西斯号从船首到船尾足有600米长，船上有4层甲板，最上一层是舰桥和头等舱，梦蕾一家住的二等舱。一天，小尊碰到了梦蕾姐姐，高兴地大叫起来。从此，小尊天天来找大姐姐玩儿。他们不知不觉在船上生活了一年，还有半年就能到达奥米伽星了。不料就在这时刻，一场大灾难降临了。

那天吃过晚饭，小尊拉着梦蕾的手边走边说："咱们到宇航船的舰桥上去玩吧。"突然，他们听到惨叫声、脚步声、警报声……"站住，不许动！"后边传来有人追来的脚步声。他俩急忙躲进一道小门里。待脚步声远离后，他们走出门口，看到三副倒在楼梯口，浑身是血。三副断断续续地说："宇航船被强盗偷袭，船长被打死，你们快逃吧！穿上太空衣，按下求救信号……"他头往旁边一歪，就断了气。

梦蕾和小尊急忙到饭厅寻找爸爸和妈妈。这时，饭厅里传出惨叫声和激光枪的扫射声，饭厅里的乘客一一倒在血泊中……

他俩惊呆了，但很快就清醒过来，想到三副的叮嘱，急忙跑到小尊的房间，穿上太空衣，戴上头盔，按下求救信号的按钮。一阵火光闪过，跟着他们被抛了起来，宇航船猛烈震荡，断裂成碎片。梦蕾紧紧搂住小尊，在太空中飘浮着，后来，他们终于攀住了船身的残骸。

一艘运载医药用品的蛇心号太空运输船搭救了他们。年轻船长亚密德说："我们是到天琴座戈尔比星运送货物——人体器官的。如果你们要去奥米伽星，我可以专门送你们。"

船长带着他俩参观了蛇心号舰桥。此时，亚密德从仪器图上发现了强盗船正向蛇心号飞驶过来并且已经无法躲开。船长考虑再三，为挽救飞船，唯一的办法就是让匪徒上船，谈判解决。梦蕾很生气，认为这是向敌人投降。亚密德不予理会，命令"101"机器人把他俩送回房间休息。

第二天，船长耐心地向梦蕾解释："戈尔比星正等待我们这批货物去拯救病者的生命呢！如飞船遭袭击或破坏，冷藏库的货物就全部完了。我一定得设法把船保存下来。我也绝不会不顾你们的安全。你们对于我来说，实在太珍贵了。"接着他讲述了自己的身世：20多年前，父亲被强盗杀死，母亲被掳走，自己额上的疤痕是被强盗用刀砍的……

小尊含泪追问："后来找到你妈妈了吗？"

亚密德摇摇头："就是为了寻找妈妈，我才驾驶太空船到处走。”

梦蕾忍不住伸手抚摸着他那伤疤说：“不要讲了……”

亚密德握住梦蕾的手，感激地吻了一吻说：“你们是上天赐给我的欢乐，使我在这浩瀚的天宇间，有了理解我的人。”

扬声器传来“101”的声音：“船长，请立即到舰桥，准备接待‘客人’。”

这些人就是在尼美西斯号上行凶的强盗，头头也正是杀害亚密德父亲的匪徒奥勒，现虽改名为高尔船长，但亚密德还是认出了他。奥勒有一个相貌与亚密德相似的儿子尼哥，这人是个“色狼”。

罗丁医生、梦蕾和小尊都参加了接待宴会，亚密德介绍梦蕾是他的新婚妻子。

亚密德和罗丁策划着如何对付匪徒，并对“10l”说“你护送他俩回房间”。说完，就和罗丁走出大厅。

匪首指挥着匪徒搬运船上的宝藏。

小尊说：“梦蕾姐姐，船长很好，我喜欢他，你最好嫁给他。他和我们一样没有妈妈，他是个了不起的船长。”

“小鬼，不要胡说八道，跟我回房间去吧！”

突然，匪徒尼哥出现在面前，调戏梦蕾，“101”和小尊与尼哥搏斗，但都被打倒在地。

当尼哥想强暴梦蕾时，梦蕾拔出尼哥腰间的刀子，猛地朝他背部插下，刺进了心脏。正在此时罗丁医生走来，他把尸体拖进房间内并大声吼叫：“快！帮我把他放进速冻器。”这时，梦蕾才渐渐镇定下来。

亚密德告诉奥勒：“尼哥罪有应得，他已经死了，尸体在冷藏库，我可以救活他，但你们必须把抢劫的东西全部送回来。”奥勒不得不同意。

罗丁医生给尼哥换了一个新的心脏。奥勒命令匪徒把尼哥抬回贼船后，翻脸不认账，而且要把梦蕾带走。亚密德早料到强盗会有这一手，他手中握着遥控器对奥勒说：“我们为你儿子移植的心脏，是一个很特别的心脏。它既可以把血液输送到全身，又是一个很强烈的爆炸物，只要我按下手中的遥控器……”

“如果你敢按下按钮，那你们也会被炸死呀！”

“如果不制裁你们，你们不是一样会杀掉我们？反正是死，与其被你们杀死，宁可跟你们同归于尽。”

最后奥勒还是服输了。

亚密德得势不饶人："为了保障我们的安全，我要派'101'上你的船，破坏你的激光炮，免得你再次违约攻击我们。"

"你欠下的债，只能用你的命来偿。但我不打算杀你，给你机会，改过自新，今后不再为非作歹，不然，后果由你自负了。"

奥勒垂下了头，不再讲话，头也不回地走了。

梦蕾突然闪过一个念头问："尼哥的心脏真的是炸弹吗？"

亚密德笑笑，没有回答。

这时，亚密德对梦蕾说："对了，现在我要正式向你求婚，亲爱的，你肯嫁给我吗？"

梦蕾高兴得说不出话来。他俩紧紧拥抱在一起。

《宇航历险记》，科学普及出版社，1997年8月，邵俊平改编

即食面谋杀案

杜 渐

21世纪50年代的一天晚上，诺贝尔奖获得者、化学家何柏森在实验室突然死去。李伟林探长和助手卫虎接手此案，立刻奔赴现场。在某大学化学实验室里，死者身穿白大褂，手里握着塑料袋倒在地上。不远处有一堆即食面塑料纸包和一只茶杯。

李探长目光射向实验室，发现垃圾筒里有一大堆即食面塑料纸包，同一牌子，一共223个。离垃圾筒3米远的那只茶杯，有股气味，卫虎戴上橡胶手套捡起来，闻了一下，那气味像是装过毒药的。李探长通知封锁现场，把尸体运回去进行解剖，然后向警员了解案情发生经过。

警员报告：今天早上何博士的女秘书姚莉上班时发现何倒在地

上，正好博士助手刘仁到来，见何已死亡，立刻向系主任罗贵章报告。罗随即报警。警察3分钟后到达，封锁了现场。李探长分头找有关人员调查。

李探长首先找秘书姚莉谈话。2个月前，何博士原秘书陈秋云辞职，姚莉从系办公室调来。姚告诉李探长，陈秋云和何博士关系不正常，何妻王玉珍多次来校大吵大闹，她认为何博士可能因为面子下不来而自杀。

助手刘仁认为何博士为人正派，何与陈关系正常，主要是有人中伤，何不可能因情自杀。李探长问及即食面有关试验，刘仁说他不清楚。李探长再找何博士夫人王玉珍，王也认为何不可能为情自杀，他只爱他的科学事业。王担心要是何自杀说法成立，她就无法得到丈夫的500万元保险金了。

回到警署，法医向李探长报告，死者服下的是氰化钾，死亡时间是晚上9时至10时，死者胃里残存新鲜米饭和牛肉，没有吃即食面。李探长又查看了何的原秘书陈秋云的档案，发现陈查阅过MS5301秘密档案。他立刻找到陈秋云，谈到服毒自杀事，陈认为不可能。因她在当天晚上8点时见到何，何还让她帮助搞一个药物实验，在一周后交出实验报告。

陈承认查阅过绝密级的MS5301档案，她是受何指派，这是一篇由两个失踪了的科学家写的关于即食食品中的防腐剂偏钍化钾的报告。这件事很快引起李探长重视，也联想到作案现场发现200多个即食面塑料袋的情况。

确实，即食面是21世纪50年代流行的也是主要的食品。 50年前，人们可以随时在市场上买到新鲜的蔬菜、鱼肉和水果，但自从经历了臭氧层大灾变后，自然环境受到破坏，虽有蔬菜和鱼肉，但产品少，价格昂贵，而且是限额分配。只有医生证明必须食用健康食品的人，才可在特设的专卖商店里买到。李探长思考的是：化学家拿来这么多即食面，是一下子吃不完的，那他要干什么呢？如果是化验，又将进行什么样的试验呢？他当时顺手拿来一份说明，上面列出一系列维生素成分，都是人们日常必需的营养物质，下面有一行调味品味仙的配料，它由无酸钠、枸橼二硫化物组成，而且有偏钍化钾作防腐剂，能维持500年不变。

陈秋云告诉李探长，两位失踪的科学家在研究即食面中的防腐剂时，曾怀疑防腐剂中的偏钍化钾具有慢性洗脑作用，长期服用对人体极为不利。因为研究无定论，一切都在秘密情况下进行。何博士在了解这个情况后，为对整个人类负责，决心继续进行化验。因为怕引起副作用，这次也是秘密进行的，知道这事的只有何博士和助手刘仁加上她三个人。何博士为从即食面中提炼出偏钍化钾，和助手花了几个月时间，从各个商店买来即食面。积满200多包即食面就可提炼出2毫克的偏钍化钾。到现在为止，他们已经收集到10毫克，昨天那一批是最后的一批。因为来不及处理，就把它们扔在垃圾筒里。关于偏钍化钾引起的副作用，何博士和她都进行过亲身实验，证明是有害物体。据说何博士已寄出向政府揭露即食面含有毒素的报告和向人民呼吁停止生产含有毒素的即食面的公开信。

李探长调查结束回到局里，何博士家的老保姆张婶找来了。她说，那天晚上何夫人让她烧参汤，烧好后由夫人送到实验室给何博士喝。何博士死去后，何夫人说是张婶放的毒药。张婶大叫冤枉，她说何夫人是恶人先告状。亲眼看到何夫人和丈夫大吵大闹，还看到何夫人与她表哥、学院系主任罗贵章关系密切，瞒着何博士，经常鬼混在一起。

根据老保姆提供的情况，李探长找到系主任办公室。经过几次交锋，罗不得不承认与何夫人关系不正常，但拒不承认放毒。他交代，那天何夫人送参汤到何实验室未见到何，便把参汤交给秘书姚莉。何与罗两人就到旅馆里，直到半夜才分手。李探长离开系主任办公室，想再去现场察看，路过二楼，听到了刘仁和姚莉的对话。原来刘仁暗中将何博士搞的试验项目向罗报告，目的是换取罗给他一个博士学位；姚莉向刘仁提供了罗与何夫人私通的情况，要刘要挟罗。因姚受过罗诱骗失身，已怀有孩子，为报复，也为讨好刘。刘仁答应等取到博士学位就与姚莉结婚。这次俩人的对话，终于揭穿了他们密谋勾结的老底。

至此，案情明朗，真相大白。原来罗贵章嫉妒何柏森名利双收，又悔恨自己表妹嫁何为妻。他通过刘仁通风报信，就想以MS5301为条件，迫使何与妻离婚，跟他结婚。罗又想甩掉姚莉这个包袱，提供毒药让她去加害刘仁，随后将姚抛出，既可将刘仁从何身边排除，又能正大光明地制裁姚，这样他可以与表妹天长地久生活在一起。姚莉弄不清罗搞阴谋的目的，又因她有一层与刘的关系，就把毒药放入参汤毒死何柏森，嫁祸于陈秋云，她自己则可以在罗、刘两人中得一。当然，最终算盘全部落空。

李探长对案情的最后结论是：姚莉是毒死何柏森的主犯。罗贵章提供了毒药，并唆使谋害刘仁，最终陷害姚莉，也逃脱不了教唆杀人的罪名。

李探长再次回局取用有关偏钍化钾的档案，发现电脑储存一片空白。他记起在何博士办公室保险柜得到的一份报告和呼吁，在罗贵章的律师手中存有复印件，当时他曾用手提摄影机留下一份。他知道，这封公开信如果出来，很可能引起社会混乱，人们会起来抗议游行，反对当局。出于对社会负责，他认为不能也不应将这封代表正义和真理的信件隐藏起来，不能让偏钍化钾的毒害继续下去。如果这种毒害继续下去，不出三代，人类会变成白痴，人类也就灭亡了。李探长当时将信的副本折成小块，放到卫虎的皮靴底，让他传给李探长小学时最好的“死党”朋友在报刊发表。

这时，局长来到档案室，李探长提出案子已经结束，希望同意给他休假。局长冲着他说，现得到信息，公开信已被传到报社，很快要发表，市长已经知道，正采取紧急措施。局长不光不给李伟林休假，还要他留在局里，等他向市长汇报后再说。局长刚走，卫虎赶来，要他赶快逃走，并告诉他，何博士的公开信已印成号外发出，信像野火一样传开来，电台也跟着广播。最后告诉他，上面查出是李泄露公开信的，已经发出了逮捕令。

李探长和陈秋云在办案过程中产生情谊，正义的事业把他俩联结在一起，他俩原本约定在湖心亭会面。李立即赶去，遇到陈，正好有一部气垫车停在路边，他们立刻一起逃到乡下一个朋友的地窖里躲藏起来。一个多月以后，他们还是没能逃脱电脑管治制度下的天罗地网，追捕者的脚步声逼近，响起了撞门声……

《宇航历险记》，科学普及出版社，1997年8月，邹俊平改编

基因再造计划

杜　渐

进行“曼哈顿计划”的美国科学家，得到爱因斯坦博士的赞同与支持，决定向政府提出要求。他们认为，原子弹的制成已指日可待，但它的杀伤力实在太大，而且后果将影响人类的未来，甚至造成人类灭绝的后果，所以他们要求政府相应进行一个同样重要的“布洛克林计划”即基因再造计划，以作为对“曼哈顿计划”的抵偿。他们要求政府立即拨出同等的经费，配以同样精干的研究人员。美国总统罗斯福觉得这种要求有点荒唐：政府花了数以亿计的金钱去制造原子弹，目的是消灭敌人……而现在却要搞一个“布洛克林计划”去救活被原子弹杀伤的敌人，总统先生当然很难同意。可这些科学家说如果不批准“布洛克林计划”也称之为“白计

划”，他们将放弃“曼哈顿计划”——拒绝制造原子弹。他们是说到做到的，即使将他们关起来，判以叛国罪也无济于事，相反会使他们的观点更加扩散。作为“曼哈顿计划”的参与者和主管的胡德将军和总统先生商量了整整一个通宵，最终，总统先生别无他选，只得同意。

1945年8月，美国接连在日本广岛、长崎投下了原子弹。就在此时，在远离战场的新墨西哥沙漠滩的边缘，在一座不起眼的平房——基因再造计划的研究基地里正播放着总统的命令：“……根据我们合众国利益，我宣布白计划暂告段落。由于白计划是一项最高秘密，大家不得公开这一计划，也不得继续研究，所有资料立即没收封存。所有研究人员必须立即撤离基因研究基地。”在武装人员的监视下，基地遭到了彻底摧毁。

参加基因再造研究的科学家们对政府背信弃义的做法感到愤慨并提出抗议。眼看研究工作进展顺利，即将进入最后阶段，科研成果即将实现，如今毁于一旦，确实让人痛心。但他们寻求真理的决心不会放弃。

年轻有为的亨利·高尔冒着极大危险，偷偷地将一部分资料和培育基因的试管从基地运了出来。

亲自领导和参加原子弹制造计划和基因再造计划的胡德将军听到亨利携带资料潜逃，立即下令搜捕，并通知用广播向全国发出通缉令。

亨利来到洛杉矶，不敢回家，在一座旧仓库内找到了他家佣人肥猫。在肥猫帮助下，他见到了姐姐玛丽。亨利把基地发生的真实情况告诉了他们，现在他必须逃离美国到国外去完成老师的嘱托，继续基因再造研究来挽救人类未来。亨利怕以后再也见不到父亲，尽管目前危险很大，但还是希望姐姐设法安排与父亲见面。父亲因听到亨利成为通缉犯而病倒。亨利根据姐姐的精心安排，化装成食品公司的送货人员，通过酒库的秘密通道进入父亲的书房，终于和父亲见了面。老高尔已从玛丽那里知道了实情，他支持儿子的行为，并要儿子到瑞士银行去取钱，他告诉儿子去苏黎世到列支敦士登找华格纳请他帮助。姐姐玛丽愿意代为暂时保存所有资料和基因试管。就这样亨利恋恋不舍地离开了父亲。忠实可靠的佣人肥猫表示愿意和亨利一起逃亡国外。

正当亨利驾着车沿着公路驰向旧金山时，尽管化了装但仍被他的同学约翰·威勒认出了。约翰正紧紧追求亨利的姐姐。当他知道当局正通缉亨利时，觉得机会来了。约翰向亨利提出只要能使玛丽嫁给他，可以不向当局告发。亨利表示无能为力。约翰一边向史密斯报告，一边将亨利逼上他的车向回驶去。因车速过快与一卡车相撞，约翰当场死亡，亨利被抛下山崖，失去了知觉。

史密斯是胡德手下的干将，待他赶到车祸地点，约翰已经死亡，但未发现亨利的尸体。他认定亨利并没有死，将继续追捕。

亨利受了轻伤，幸好遇到美籍华人丽莎。她和她家人对亨利很同情也很支持。伤治好后，丽莎的舅舅偷偷地将亨利送上了一艘开往法国的货船。亨利历尽艰难，终于到达了法国，偷渡成功，当然他不能久留。他找到了脱衣舞女莎莉，花了1000美金，弄到一张假护照。他把自己打扮成一个英国绅士模样，大摇大摆地进入了瑞士。他想到不久将经洛桑、伯尔尼，就能平安抵达苏黎世，心情就轻松多了。可是好景不长，在列车车厢过道上，他发现了一直在追踪着他的史密斯，心情又开始紧张起来。他不理解，史密斯是怎样跟踪到瑞士来的。幸好，他想起父亲的朋友舒勒能帮助他摆脱史密斯。于是他装扮成去舒勒处取提包，然后将提包寄存到火车站的寄存小柜里，又故意让在暗中跟随的史密斯看到他把小柜钥匙装入信封后投入附近的邮箱，同时又跳上火车佯装去罗马。史密斯怕别人取走钥匙，只得暂时放弃追踪亨利，后来虽然拿到了钥匙，但打开提包一看，里面竟是一本圣经和电话簿，史密斯上当啦。

摆脱史密斯跟踪的亨利，终于在苏黎世原先约定的地点，见到了肥猫。他们驱车来到位于瑞士和奥地利之间的小公国列支敦士登。亨利终于找到了华格纳，提了款。亨利对未来充满了信心，相信能有办法实现“布洛克林计划”了。

史密斯向胡德将军报告了自己追踪亨利的失败经过。将军火冒三丈，愤怒极了，立即赶走了史密斯。当然，史密斯不会甘心失败，发誓要把亨利捉到。一次偶然的机会，他被玛丽的公司录用了。玛丽是汽车公司的总裁。由于史密斯工作成绩出色，很快得到了公司重用。在一次公司的宴会上，史密斯认出了玛丽，但此时玛丽已认不出史密斯，两人交谈非常投机。不久，他俩进入了热恋，玛丽把自己的一切都告诉了史密斯，并邀请他同去找亨利。

亨利和玛丽会面的地点是在巴塞尔古堡。当史密斯和玛丽来到古堡塔顶时，突然闪出胡德将军。他用枪口对准了玛丽，要她交出资料和基因试管。此时的史密斯怒不可遏，也拔出了手枪，枪声一响，将军中弹身亡。史密斯也受了枪伤。就在此时亨利闪出，他带着玛丽和史密斯坐上肥猫的车直奔山下。史密斯的伤得到了医治，他和亨利终于讲和了，又成了好朋友。

亨利去医院看望老师普拉尔，并告诉他基因再造研究将继续下去。不久在史宁等医生支持下，基因工程获得了很大的成功。

破坏基地亨利的人员同时也在进行基因试验。亨利等人决心给以反击，他们组成了敢死队潜入反动分子占据的小岛。进入岛后不久，亨利等人被叛徒引入中央实验室。那里的头目谢利提出要亨利留下参与他们的试验，否则死路一条。亨利回答可以，条件是必须释放史密斯和肥猫。趁谢利请示上级时，亨利将一个极具威力的爆炸物扔进了垃圾桶，并告诉史密斯上了飞机后即用无线电告诉他，同时将一个遥控器塞到了史密斯手里。

谢利将史密斯送出了基地。不一会儿，史密斯等坐的飞机起飞了。此时，史密斯清楚已无法救出亨利，于是含着眼泪按下了遥控按钮。

在飞机上，他们看到小岛突然像火山爆发一样，变成了一团烈火。烈火照亮了大海和夜空。

史密斯满脸热泪，默默地说："亨利，你不会死，你永远活在我们心里。"

《基因再造计划》，科学普及出版社，1997年8月，李鑫改编

机器人传奇

杜 渐

顾元亨博士和他的大儿子大波是机器人制造专家。大波有位朋友，是研究思想控制机的电脑博士刘野。有一次，刘野邀大波去参观新研制成的思想控制机。在飞行途中，俩人同时失踪。顾博士伤心之余，把具有铱金海绵脑的智能机器人塑造成大波的模样。然后，用树脂金属做骨架。这种金属十分坚固，而且重量很轻。顾博士先用具有记忆分子的变性的柔软金属做躯体外壳，外面再蒙上一层用猪皮制造的皮肤（因为猪皮是最近似人类皮肤的），使智能机器人的肢体更像人。当然，他所显示的力量是常人无法比的。他的身体可以接受钢铁重击，即使把皮肤打成凹坑，只一刻就可恢复原样。他的手可以折断铁杆，直径6厘米的铁棍只消手指一拧马上断裂，以致有一次使劲稍用力，出现唯一一次违反机器人规定，把一个坏蛋捏死了。他的牙齿看似平常，却可以咬断电缆，把铁板咬成细砂。以后，顾博士的小儿子小波又要求爸爸把智能机器人塑造成酷似大波的外貌，让他住进了大波的屋子，接触大波书架上所有的

图书、与人往来的信件和日记。半年以后，智能机器人已经从内到外都像大波了。顾博士给它取名叫二波。二波一露面，大波最心爱的小狗就飞扑过来，刚买菜回来的厨师老黄也高兴得连声说要烧条大波最爱吃的醋熘大黄鱼。弄得机器人笑了——他是根本不需要吃东西的。

二波陪弟弟小波去图书馆，途中从汽车底下救出一个小孩，引起社会震动和赞赏，也引起有些人的注意和跟踪。二波会见了大波的女友，在图书馆工作的若兰，也认识了暗中跟踪他的若兰的舅舅林飞。林飞是国际刑警组织的上校警官，受联合国教科文组织委托，负责照顾博士父子的安全。他特邀二波担任国际刑警组织的特别警员，寻找大波的下落，协助调查刘野的导师、正在秘鲁首都利马参加国际脑科学会议的马克教授。此人是新法西斯党成员，与大波失踪有关。

林飞的行踪很快被新法西斯党侦悉。在林飞、二波飞行途中，二波运用他的特殊智能测出机舱中藏有定时炸弹。他急告机长要求排险。就在爆炸前最后一分钟，二波在密处找到炸弹，扔出舱外，在半空中引爆。敌人设置的第一次袭击宣告失败。

二波进入立马就遭到袭击，新法西斯党派遣特务彼得洛暗杀林飞，也未成功。彼得洛交代，他是受隶属于NFP下的黑龙教主的指派，进行谋杀行动的。NFP即新法西斯党，由一些信仰希特勒的人组成。组织从不公开活动，成员用多种身份混进各国政府和团体，暗中推行他们的阴谋。黑龙教不是他们的成员，但被他们利用。为了进一步了解情况，林飞联系到他们暗驻在利马的情报人员里奥，找到他的住所，发现里奥已被暗杀，舌头被割去。在他身上钱包里找到女明星加西亚的照片和写着劳比利兹的名字的纸条。林飞知道加西亚是里奥的情人，立即查找线索。二波测出加西亚将出席第二天下午召开的国际医学会议，主持人是劳比利兹。劳比利兹和马克的关系密切。

林飞和二波以记者身份化装参加劳比利兹在郊外别墅里举行的会议，见到劳比利兹和马克教授在一起。二波又找到加西亚。加西亚告诉二波，是劳比利兹派人暗害了里奥。原来劳比利兹是黑龙教教主，不是秘鲁人，而是德国人，已经86岁。第二次世界大战时他是集中营的医生，专拿人犯做试验，是魔鬼。战后，他带上大批财物逃到南美，改名换姓成了秘鲁十大富豪之一。劳比利兹有个不许任何人进入的秘密实验大厅。加西亚有一次被劳比利兹引进密室，遭到强奸。她在那儿见到一个被关着的中国青年，劳比利兹派人给他注射毒品。二波测出那人就是被刘野骗去参加会议的大波。

二波等根据加西亚提供的线索找到别墅，经过密道进入书房，又从书架后找到了到达实验室大厅的地下通道。当快到大厅时，突然脚下地板滑动，他们跌入黑洞——铁笼。笼里有凶猛的美洲豹，被二波铁臂勒毙。二波拉断栏杆，走出铁笼，从门缝里见到圆形大厅。劳比利兹和马克等正在等彼得洛，大波被绑在柱子上。因彼得洛让二波走脱，将被施用眼镜蛇咬死的惩罚。林飞眼明手快，举枪打灭射灯总开关。趁全场一片漆黑混乱之际，他抢先给大波解绑逃出。二波追到走廊不见劳比利兹等踪影，却发现加西亚倒在血泊中。加西亚因道出里奥被害的秘密，被劳比利兹折磨致死。临死前，加西亚告诉二波，在亚卡巴镇的威尔卡巴姆巴山有个秘密基地，NFP准备发射人造卫星，将思想控制机射上太空，届时后果将不堪设想……

大波告诉二波，刘野的后台是马克教授。马克和劳比利兹是一伙战争狂。刘野先是在他身上注射毒品，强迫他吸毒，并借此迫使大波参与制作完成思想控制机。大波证实了劳比利兹向太空发射思想控制机的计划。二波从大波处获得制止思想控制机的密码，立刻向秘密基地所在秘鲁警方发去急电，请求他们协助。

秘鲁军方早已掌握亚巴卡镇附近有秘密基地，也有占有思想控制机的计划，但却不知具体方位。接到紧急通知，他们立即派出维佐巴上校率领的武装士兵乘坐直升机去威尔卡巴姆巴山。

林飞和维佐巴会面后提供信息，思想控制机的全部资料都在发射室现场。他们立即部署进入发射地，制止火箭升空。

二波抢先进入矿道，直奔岩洞深处的发射室，见劳比利兹正手持资料图，指挥操作键钮。二波急奔过去，将磁性炸弹贴在引擎旁，又回身从毫无思想准备的劳比利兹手中夺过资料装进文件箱，招呼后面跟进的林飞迅速撤离岩洞。很快，磁性炸弹爆炸了，引发火箭自行出轨，撞到岩壁，魔窟顿时一片火海，团团火柱直冲上空。劳比利兹出逃不及，和一批杀人魔鬼葬身矿道中。

林飞和二波准备返航，维佐巴上校威逼他们留下文件箱。林飞据理力争，维佐巴凶相毕露，把飞机扣下，并命令卫兵围住。林飞和二波商量对策。二波乘对方不备，在文件箱启动钮处安上微型自爆炸弹，然后交给维佐巴上校。

维佐巴乘直升机返回途中，由于急于想看到资料，便打开了箱盖。这时，炸弹自动引爆，直升机立刻变成一团烈火，人机俱毁。

被救回的大波经过悉心治疗，终于戒除毒瘾，与若兰结婚。若兰在与二波接触的过程中，相互已有好感。顾博士为此专门再制造一个与若兰相同的机器人若梅，与二波相好。他们住进黄百乐院长的别墅欢度蜜月。

谁知黄百乐与刘野是同伙。他用假相骗过顾博士，把二波、若梅“请”进别墅，利用小波的无知，把头盔套在二波和若梅头上，迫使两人互相争斗。结果，二波折臂断腿掉入谷底，若梅被换上其他脑袋成了刘野帮凶。二波深夜爬进附近农场，打电话向若兰求救。大波和若兰连夜赶到救出二波。二波得悉顾博士和小波都被新法西斯党分子用重物砸死，仇恨倍增。

林飞接到情报，刘野在交给劳比利兹资料时，留下复制品。他在得悉发射基地爆炸信息后，带上用若梅机体做成的机器怪物又悄悄溜回到自己的别墅，并且开始实施第二套制作计划，继续与人类为敌。二波和林飞等进入别墅。刘野放出机器怪物，与二波恶斗。二波在怪物冲来时，趁机将怪物的头盔取掉，使得刘野无法再操纵怪物。怪物被二波控制，转身向刘野追去。刘野逃上山，在悬崖处失足，跌入万丈深渊，粉身碎骨。

二波找回若梅的脑袋。大波将它重新安装在若梅的躯体上。经过反复调试，若梅终于又成为具有人性的智能机器人，重新与二波生活在一起。

不久，林飞再次邀请二波参加国际刑警组织，担任临时雇员。二波已厌倦了平静生活，欣然答应，告别若梅，踏上了新的征途。

《机器人传奇》，科学普及出版社，1997年8月，卜方明改编

机器特警

——《机器人传奇》续篇

杜　渐

林飞上校带上机器人二波乘飞机来到美国纽约肯尼迪国际机场。国际刑警总部派车把他们接到一家高级时装公司、总部秘密联络点，参加会议。

主持会议的是国际刑警总督察法查将军。与会的还有美国 CIA 中央情报局联络员布朗上校、英国情报局联络员查伦捷，美国反毒组的丢克和国际刑警特别行动组组长杜伦上校。会议中心议题是配合美国反毒组，打击国际贩毒行动，捉拿哥伦比亚大毒枭胡撒等一

伙毒贩。

杜伦热情接待行动组新伙伴。在练兵战斗中，二波发挥出色，单独作战将来犯5个“敌人”全部歼灭，受到法查将军和杜伦赞赏。

总部让杜伦先去毒枭基地侦察，林飞带领二波在迈阿密待命。二波通过同电脑室的女兵艾丽思接触，用电脑将参与反毒人员的档案输进了自己的脑子。第四天晚上，法查将军突然召见林飞、二波，告知杜伦去毒枭基地侦察信息中断。林飞要求去基地，法查要求情况明朗后再行动。第二天中午，获悉杜伦已登上海军巡洋舰返程。

在总部，杜伦谈了侦察经过。他带领4名队员由潜艇送到加勒比海后登岸，由哥伦比亚内政部长戈西亚派来的反毒组成员西伯斯接待，领到胡撒所在山区，并告知各方毒枭均集中在此开会。杜伦通过电脑与已经混入毒枭内部的特工狄达洛联系，不想狄达洛已被毒枭发觉，当场处死。

杜伦决定撤退到事先约定的绿色三角，同时，杜伦助手森姆与总部联系，当直升机来接人时，发现机上竟有武装人员持枪射击。杜伦要阻挡已经来不及，森姆等4名队员全部遇难，西伯斯溜走。

杜伦只身从峡谷冒险滚入谷地，半夜潜入小渔村，偷了条小船划到公海，才与总部联系，由巡洋舰接回。杜伦认为西伯斯是哥伦比亚的内奸。出卖狄达洛的是一名代号叫红宝石的人所为。当时联系接人的直升机机型及地点都属绝密，只有刑警组织中的领导层知道。林飞和二波分析杜伦汇报的情况，同意杜伦提出的疑点，对总部特别会议领导成员逐个排查，但一时无法确定。

杜伦返家两小时后，法查将军急召林飞和二波赶去杜伦家。杜伦已晕厥倒地。二波通过电脑记忆显示线路将杜伦刚才的遭遇信息接收到自己的铱金脑中，把杜伦返家前后经过全部显示出来。原来杜伦返家时，西伯斯已经带人潜伏在杜伦家。他们击倒了杜伦，强奸了杜伦的妻子和女儿。等杜伦醒来反击，匪徒又残忍地把他妻子和两个孩子全部打死了。林飞从杜伦提供的西伯斯的线索，立刻找来西伯斯档案照片，发现并非本人。原来西伯斯已被毒枭组织谋害，是敌人另行派人冒名顶替，引诱杜伦落入圈套。

伤心已极的杜伦向法查将军辞职，因他已家破人亡。法查告诉杜伦，他自己的两个儿子都因毒品而死。他的小儿子就是杜伦的下属森姆。他以此激励杜伦，杜伦受到感动，重新振作起来，继续参加战斗。

二波根据记忆显示画出了冒充的西伯斯及直升机驾驶员的形象，立即复印，秘密侦察，发觉冒充西伯斯的有两个可疑人员，其中之一是哥伦比亚大使馆参赞路易斯，另一名是直升机驾驶员布莱特。为进一步从反毒组领导层中引出疑点，法查安排再次召开特别会议，故意明确提出路易斯冒名顶替西伯斯的可疑身份，未见结果；但查到驾驶员布莱特躲在A镇。布朗和林飞立即分乘汽车去A镇擒敌，遭到狙击。一场恶斗后，冲进布莱特住所，但已经人去楼空。法查再次确认，A镇战斗妄图消灭反毒队也是红宝石所为。

法查将军为进一步弄清红宝石真相，决定从反毒侦缉领导层着手。他通过在二波电脑中储存的布朗、丢克等成员档案做深入研究，但一时找不出可疑线索。法查再一次召开特别会议。会议中途接到信息，那个直升机驾驶员被人杀害，尸体在河中捞到；冒充西伯斯的可疑分子路易斯也已逃回哥伦比亚藏匿起来，虽然多方搜索，尚无下落。法查将两人情况在会上介绍，同时向大家征求下一步行动计划的意见。布朗提出直捣胡撒老巢，丢克也表示同意。法查同意按他们的方案进行，确定部署，命令杜伦上校带领二波等4人再次进入胡撒基地。

杜伦等乘潜艇进入加勒比海，改乘橡皮艇上岸进入胡撒庄园。

二波通过电脑测出胡撒已知反毒组到达，并设下埋伏。二波依靠自身特殊功能躲过红外线监视，进入围墙，把预伏的装甲车和敌人全部歼灭，并调转装甲车头，冲进别墅，房屋焚毁，火光冲天。

杜伦返回前次接应直升机的蓝色方块地，按照法查将军的秘密指令，发信息给总部，故意假报胡撒、路易斯被抓获，意在引蛇出洞。不久，直升机来接应他们，却发现机上武装人员持枪射击杜伦。二波等直升机下降俯身扫射时，纵身跳上起落架，迫使机身倾斜，被迫落地。二波进入机舱，歼灭了武装人员。二波要杜伦返回总部，由他单身去别墅抓胡撒。杜伦坚决留下，要亲手擒敌。二波、杜伦二进庄园。二波举起装满汽油的汽油桶扔进毒品工场，杜伦又投手榴弹，引起电箱爆炸，工场一片混乱。在众多逃跑的人群中，杜伦认出路易斯，立即缉拿后绑上吉普车。二波冲进胡撒住屋，胡撒已携带武器从后屋出逃，二波紧追不舍。胡撒举枪回击，射中二波左腿。二波拣起一块石头，顺手投掷过去击中胡撒，毒枭被二波生擒。

杜伦和二波押解着胡撒和路易斯，在蓝色方块等待总部直升机接应。不料，直升机到达后，下来的是美国反毒组组长丢克和情报局联络员布朗。丢克举枪对准他们，布朗取出手铐铐住杜伦和二波。原来他们就是混入刑警总部与毒枭直接勾结的红宝石。他们妄图将杜伦和二波扔进海里毁尸灭迹。二波凭借身上最后剩余电力，挣脱手铐。布朗开枪，二波用丢克挡住子弹。丢克立毙，布朗被活捉。刑警组终于胜利而归。

国际刑警组织欢庆胜利，法查让二波休假一个月。他和林飞踏进机场刚准备回家，又接法查急召，美国海军司令求援。他们在太平洋发现突然出现的无名幽灵岛，威胁各国安全。海军舰队奉命与岛上通讯，未获任何回音；派飞机和发射远程导弹，也都无法接近而在半空爆炸。海军陆战队战士抢攻上岸，全部昏迷倒地被俘。林飞了解情况后，决定和二波充当陆战队战士冲上岛。上岸后林飞被催眠气体晕倒。二波假装晕倒，被穿着黑色衣服的人拖入牢房。他发现被俘者头上都被按上图钉，醒后即呆若木鸡。二波测出那是思想控制器。二波联想起前不久与新法西斯党的一场较量，肯定这与劳比利兹的思想控制机有关。他跟随林飞进入大堂，意外发现马克教授。原来前一场战斗中马克潜逃。他带走了思想控制机的另一份复印资料，潜到太平洋中设立基地，进行阴谋复辟、征服全人类的罪恶活动。二波趁马克折磨林飞时，潜回牢房，取掉所有人的思想控制机，召唤大家奋起反抗。二波赶到大堂解救林飞，抓住马克。马克死命挣扎，二波用力过重，终于违反机器人不准杀人的规定，用手捏死了马克。

二波、林飞和士兵们押解新法西斯党匪徒上船。临走前，二波在岛上输入电脑程序，半小时后，一阵爆炸激浪伴随汹涌海水，整座海岛慢慢沉进了海洋深处……

《机器人传奇》，科学普及出版社，1997年8月，卜方明改编

死　光

杜　渐

暑假到了，中学生雷正和马容在物理学家高老师的帮助下，决定搞激光机的试制。高老师帮助他们得到了设备，找到了场地，经过试制，获得成功。在一次试验过程中，地下试验室的激光模型发生意外，造成激光泄漏。泄漏的激光穿过地下室的水泥墙，冲出了人行道，再射穿了停在路边的汽车，从车顶上穿出后，一直射到公园陈列的一座艺术雕像上，铜像粉碎了，熔成了碎渣。

意外事件引起了社会震动，雷正和马容连夜找到高老师。高老

师肯定了他们的模型设计获得成功，也告诉他们激光的发明对于人类的重要性。把激光用在和平建设上，它就和核能一样，可造福人类；但一旦被战争贩子利用，它就变成了杀人武器，其危害之巨大，无法估量。高老师同时告诉他们，要保守秘密。他已经向市长做了报告，国防部的人明天上午来取走模型。

雷正考虑高老师特别强调的保密性，深夜又回到地下试验室，将试制激光模型的资料取走，将配制的化学原料倒掉，把设备的一部分扔进垃圾桶。当他返回家时，却遭到不明身份者绑架。

绑架雷正的身穿军服的人，自称属于国防部派来的703部队，要雷正交出模型和资料。雷正不信，高老师曾告诉他国防部的人要明天才到。实际上，他们的确是冒充的。在监管雷正时，两个军人自相残杀起来。一个叫杰克的年轻军人，自称是真正的中央情报局派来的，将另一个看守老麦克打死。他带着雷正从拘留地出逃，在半途中，杰克遭追击者枪杀。临死前，他要雷正尽快逃脱魔掌。

雷正从魔窟逃出，不敢回自己的家，就去找马容。他刚跑进马容家大门，不想又被人用黑色布袋套住了头，绑上绳索，用车送到一座大楼里。在那里，他意外地发现激光模型已摆在一个大会议室的桌上，马容也在他身边。原来马容也在家里被人用黑布袋套住，带到这儿来了。

在高个子特务的威胁利诱下，马容转变了立场，要雷正同意和绑架者合作。高个子要他们用激光机将大楼对面山顶上的一座电视塔击毁。雷正坚决不干。马容却妥协了。他按照试制程序操作时，发现化学原料没有了，便带领高个子去寻找。雷正最后一次请求马容不要离去。马容不听，只留下了雷正。

被捆绑在桌旁的雷正想尽一切办法挣脱绳索，走近桌边把模型破坏，又把剩余的图纸撕成碎片。为求生存，雷正找到会议室的出口，刚一拉门把，门自动开了，外面是一条长廊，散发出一道柔和的光。走了两分钟来到走廊尽头，又见到一扇半开着的门，顺着门缝往里看去，一个熟悉的声音传来“雷正快进来！”

“高老师，你怎么在这个地方？”雷正奇怪地问。他怎么也想不到，高老师会在这时候出现，会在这个地方跟他会面。

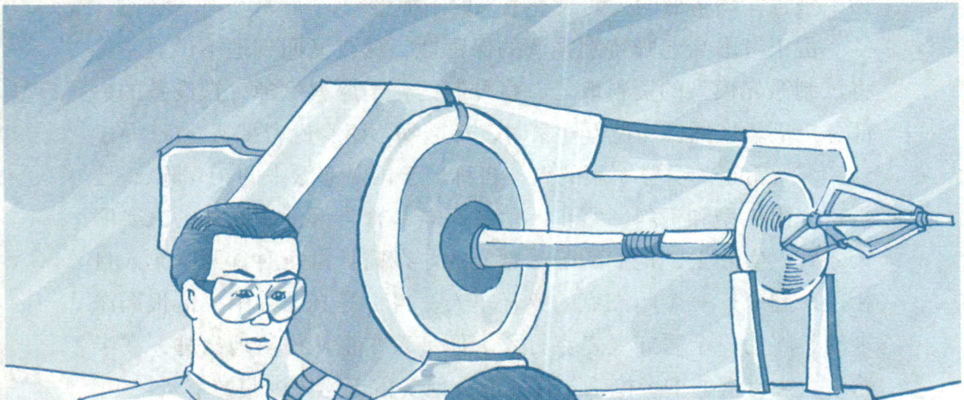

高老师身上穿的不是往日的衣服，而是一身蓝灰色闪光织物的制服。高老师告诉他，这儿是一艘宇宙飞船的驾驶室——也就是飞碟。他是银河联邦专门派到地球的特派员，任务是维护所有生命居住的星际之间的和平。他进一步解释，他不是地球人，是来自其他星球的外星人。地球人类并非是宇宙间唯一的人类，除地球外，宇宙间尚有成千上万个星球上有人类生存。还有很多不像人的智慧生命体，有些比人类更聪明。

“我们银河部队就是保卫人类和维护和平，使整个宇宙共同体和平共处。”高老师接着说，“我被派到地球来，并不是要干预地球的文明，而是带着一个神圣的任务，要在地球人类当中选拔精英，让他们参加银河部队行列。”

雷正还是有些不明白，难道以前激光模型的争夺，全是高老师一手策划的？高老师点头称是：“这是我一手策划的。这实际上是一次考试。我们这支和平部队的每一个成员都是从多个星球中挑选的，经过考试合格，才能加入。这次全地球20个接受考试的人，只有5个人完全合格，法国、非洲、俄罗斯各1人，中国有两人，其中一人就是你。”

雷正很高兴自己能被选中。他问起另一个中国人，会不会是马容。高老师摇摇头说，马容其他方面表现都好，就是过不了名利关。他不能牺牲自己的利益，也看不清整个地球的最高利益。马容和其他14个不及格的人，将会忘掉所有考试的经过，像做一场梦，明天什么都记不起来，回到自己的日常生活中去度过他们的一生。高老师还告诉雷正，那个703部队，麦克和杰克的争论、枪杀、死亡，全是他一手导演的。他们都是银河联盟成员，是考试的监考人员……

高老师把雷正送回家，让他向爸爸妈妈告别。临走时，爸爸对高老师说：“我把他交托给你了，好好教导他吧！”妈妈又一次把儿子搂紧，她知道，一分开就将永远见不到了。

第一缕阳光照亮天空，雷正父母抬起头，望着飞碟飞进了灿烂的彩云中……

《死光》，科学普及出版社，1997年8月，卜方明改编

战 魂

杜 渐

高志平教授不久前出版了一本研究“丝绸之路”的著作，在社会上引起强烈反响。记者在进行专访过程中，向高教授提出了一个他为什么会选择历史研究作为终身职业的问题。高教授用他遇到过的一个奇怪经历回答了记者的提问。

高志平当过兵，复员后决定报考大学，当时想的志愿是计算机或医学，根本没想学历史研究。他离开乡村准备搭乘火车去南京。上车以后，在和周围旅客交谈中，听到同车一位历史老师讲述历史，他建议高志平学历史。高志平说他想学科学，实用些。可老师一再解释历史研究对于中国5000年文明的重要作用。高志平只得表示考虑。高志平在看书时打起瞌睡来。突然车厢一震，他被震醒过来，发现车厢周围的人已经走光。他急忙背起行李下车走上月台，也是空无一人。站牌上写着“闸北”字样。他觉得奇怪，他要去南京，怎么在上海就停住了。他走到出站口，一个满脸胡子穿着旧铁路制服的职工向他要过车票在上面打个洞，又把车票交还给他。高志平向他说明自己去南京，转身回去要上列车，月台已经空荡荡的了。

天上下起雨来，月台两头没有人影，只有墙上贴着张布告，是一份十九路军向全国发出的通电，写的是中国军人决心为救国保家

而抗日。高志平清楚，十九路军蒋光鼐将军抗日是1932年的事，那时他还没出生。他怀疑自己可能被人用时间机器送回到那60年前的时代去了。

高志平走出月台，在候车室门口，黑暗中有人伸出手来把他抓住。高志平仔细一看，高声叫起来，竟是他在部队服役时的老班长赵忠。赵班长告诉他，他带了一班战士乘汽车调防，车子遇上了雨和雾，迷失方向，就转到这儿来了。高志平告诉班长这里是上海，赵忠不信，高志平又让他看墙上告示。班长说现在是1992年6月15日，怎么告示上是1932年。高志平和班长去站长室，站长室空无一人，墙上的日历是1932年1月29日。高志平说，这是60年前“一·二八”事变的第二天，正是淞沪激战的时刻。赵班长皱着眉头沉思一会儿说：“既然我们来到这儿，也应像一个中国军人一样，保卫国家杀鬼子。”赵班长把战士召集在一起，要高志平介绍这段战争历史。

赵班长宣布成立独立班，他当班长，高志平当班副，然后派出战士出去侦察。

独立班在行进路上，遇上了十九路军师长张炎，班长向师长报到，请求下达任务。张师长命令独立班去增援敢死队。敢死队的任务是到吴淞口外潜水爆破敌人的出云号旗舰。赵忠把任务接下来。临出发，张师长发现独立班战士的许多新型武器自己从未见到过。班长报告说，他们是20世纪90年代的中国军人，并要求师长保密，不要告诉任何人。张师长同意了。

独立班乘汽车来到吴淞口江边，在靠近江边大仓库里会见了头上缠着绷带的敢死队队长胡海全。胡队长告诉班长，已经派出5个战士潜水过去，尚无音讯，如天一放亮就会被敌人发现。高志平问作战要求，胡海全说计划把炸药放在船边吃水线部位。赵班长决定在军舰近到岸边后两边夹攻。高志平带领5个战士绕到左边，掩护班长正面进攻。天刚放亮，老赵班长下令，三枚火箭弹飞出江面，分别射中舰桥、舰尾，吃水线边也被击中，舰船立刻侧向一边。敌人惊慌失措，纷纷跳水逃生。又是一枚火箭弹，跟着一声巨响，敌舰被炸飞上了天。整个战斗5分钟结束。

在返回师部的途中，看到天空中耀武扬威在胡乱投弹的敌机。地面上发出密集的高射炮弹，一架敌机被击中，冒出黑烟直栽下来，插进田地里。高志平跑过去，见那日本兵已经摔死，不少士兵围上前去，把机壁上的那块膏药旗割下来。高志平和老赵班长把驾驶员尸体拖出来，从死者的飞行服上钉着的布牌看出，飞行员名字叫田中，是个大尉。回到师部驻地，张师长大加表扬，请战士吃饭喝酒庆功。晚上，高志平回忆起以前在历史书中读到过的一些细节，2月24日是一场大战，日本军总司令植田谦吉指挥，计划在庙行实行中央突破的进攻，守军是张治中第五军的八十七师五二七团，激战中有很大伤亡。张治中派孙元良率部增援，蒋光鼐派六十一师师长张炎从竹园墩出击。从早晨一直打到天黑，最后粉碎了敌军的中央突破计划，打了个全胜仗。高志平把情况给赵忠一说，赵班长激动得一晚没睡好。

第二天上午，赵忠找到张师长请战。张师长准备晚上偷袭敌营，要独立班打前锋，发动巧妙的夜袭。晚上6点，张师长打扮成普通士兵，腰间挂上枪和手榴弹，亲自带独立班出发。接近敌军营地，在树荫和颓垣间隐蔽起来。等到晚上9点，张师长站起扬手大喊一声：“冲啊！”赵忠抢在最前面，火箭弹像一条条火龙，划过夜空，直射敌营。四面八方响起了喊杀声，敌人没料到，顿时阵营大乱，有些日本士兵还来不及醒来就被打死了。战斗共花了40分钟，把敌人营地彻底摧毁。这一场夜袭，加上六十一师两个团配合友军反攻，围歼敌人1000多名，俘虏日中校营长长空间升，活捉日本士兵数百名。返回营地第二天，张师长找高志平了解下一步战争

结果。高志平想了想，告诉张师长，由于前两天重创敌军，在日本国内引起很大震动，也打乱了他们军部的作战计划。他们改派白川大将来接替植田，加派菱刈隆为副司令，增派3个师团的兵力，200架飞机，侵略军将增至七八万人，下面的仗会更艰苦。张师长感慨地说：“半个月来，我们人员和武器消耗很多，可补给无望，处境艰难。当然，我们的士兵弟兄都很英勇。”张师长讲了好几位战士的英勇事迹。这时，参谋传达蔡廷锴军长命令，要召见独立班。张师长安排汽车把他们送出营地。

突然，汽车前出现大雾，能见度很低。高志平下车去侦查，只见前面白茫茫一片。他回身要向赵班长报告，汽车却找不到了。他一边找一边叫，不知怎的找到了车站。走进车站，他看到了当时给他检票的铁路职员。他拉住高志平，要他赶快上车。高志平登上列车，顿时感到精疲力竭，浑身骨架像散了一样，合上了双眼。等高志平睁开双眼，首先映入他眼帘的是那位历史老师。老师笑着说："你睡了多少时辰了，快到南京了。"这时列车员来查票，发现高志平的票上打了个洞，问是怎么回事，为什么要在上海下车。高志平不知怎么回答，车上所有的旅客也证明他一直在车上。一个坐在对面的男青年对高志平说："你是通过科幻小说的时光隧道回去的吧！"

路上，他把自己的梦中经历讲给历史老师听，这使历史老师联想起他读过的一本英文书里写到的一段史实。

那本书名叫《世界上不可思议的事》，书中有一段写到1932年淞沪抗战中，有一个排的中国士兵，在调防的时候突然神秘地失踪，他们既不是战死、被俘，也不是当了逃兵，而是离开阵地走进夜雾中，就再也没见他们出来了。这段事没有写进历史书里，只是刊登在当时上海的外文报纸上。那本书中还说，这群中国士兵还很年轻，作战很英勇，曾在黑夜偷袭敌营、潜水炸毁日军的出云号旗舰。后来，蔡廷锴军长要代表总司令部奖励他们。这些失踪了的抗日英雄都没有留下名字。有一点可以想到的是，这些年轻的小伙子从此就从世界上消失了。

因为经历了这件不可思议的怪事，使高志平改变了主意，放弃了考计算机或医学专业，选择了历史研究作为他终生的职业。

《死光》，科学普及出版社，1997年8月，卜方明改编

女娲王国探秘

杜 渐

陈圆在大学里读的是生物学，毕业后没有干过一份正经工作，因为家里有钱，祖上遗下的产业，够他一辈子享受还花不完。他专门在家里搞了个实验室，试验多种奇奇怪怪的生物和莫名其妙的东西。最近，他又迷上了一件新花样，一幅神秘裸女画像和一本100年前的日记。这是在他家后园老房子里的秘密小门中找到的。

怎样进一步研究，他想到的自然是中学里的好朋友李醒魂和廖海潜。他们是出名的“三剑侠”。中学毕业后，李醒魂考进远洋学院，毕业后从三副一直升到船长，是他们的老大。廖海潜读大学没毕业，当了警察，以后又当私家侦探，近一两年里又摆弄笔杆子写小说，居然将他过去的生活编编写写，吸引了不少爱好者，一举登上作家宝座，名利双收。陈圆找来廖海潜，廖海潜一听，很感兴趣，十分高兴。陈圆一定要三人一起才让进秘密小门。正巧李醒魂远航归来，有两个月假期。三人立即约期，进入陈家后园。在老房子的秘密通道尽头，有个小间。他们进去后见到了画，又读了断断续续的日记。日记主要是写100年前有个名叫夏礼逊的青年在石望大山探险，遇上了女人统治的女儿国。他进入女儿国，爱上了一个女人，就是画上画的那位。夏礼逊因思家心切，在女子的帮助下，设计从女儿国逃出来，他的这位情人却因违反王国族规，被折磨致死。

廖海潜积极提议去石望大山探险。那儿比较远，不好走，又是个国家野生动物自然保护区，一般人不能进入。陈圆仗着他在生物界经常发表文章，有点小名气，又曾给野生动物保护委员会捐过一大笔钱，决定去石望大山。很快石望大山管委会同意他们进自然保护区考察野生动物。三人立即备好行装，搭乘当天的飞机到达省城。省城来人接待，送进山区，还安排了一位向导——老郭。

老郭是大山通，在这儿待了多年。廖海潜见他是老猎人，一般打扮，有些瞧他不起。后来才知道，老郭曾留学美国，是位生物学专家、大学教授。他热爱祖国，放弃优厚高薪，回国教学。“文化大革命”期间，他被当作美国特务押进石望大山劳改，妻子被迫害自杀，女儿失踪，家破人亡。平反后，有人劝他回省城，他拒绝了。在山区10多年，他已爱上了这儿的一草一木。

因为有了位好向导，李醒魂他们又得到老猎户高大爷和柱头一家的帮助，顺利地斗倒恶山猪，攀登鬼见愁，通过乱坟岗、九曲沟、升天洞，智斗大蟒蛇，最后终于找到女娲王国。

初进女儿国，是一座峭壁。他们沿峭壁的木栈道行进几十米，走出岩洞，穿过瀑布，找到一块歇脚地。李醒魂和柱头心情特别激动。俩人一起走进密林。打不到野兽，柱头提议下河抓鱼，谁知脱掉衣服下水，又是两手空空。回到岸上，发现衣服已被一位穿黑裙的手持矛枪的女武士拿走。女队长要他们上岸，责令跪下，又把他们捆绑起来，送到老巫师胡也拉跟前。胡也拉指出，闯进女儿国，一条路是变成女儿族成员，永世不能回去；另一条路就是被处死。要他们在明晚之前决定。

第二天清晨，女娲王国坎主的小女儿达吉悄悄探望李醒魂和柱头。达吉看上了柱头，要他入族。因为她今年18岁，按习俗有权选择自己的男人。不久，坎主的大女儿吉玛来石牢了解情况。李醒魂据实相告来找女儿国的缘由，央求吉玛向女娲王国的坎主——她的母亲求救。吉玛看中了李醒魂。

晚上，坎主为女儿举行宅吉礼，同时要李醒魂和柱头做出抉择。李醒魂和柱头明确表示愿意留下。但胡也拉使出新招阻挠，说他们是来自外边的坏种，要留下来，必须战胜她身边的4个护法。

李醒魂和柱头曾练过武术，凭借机智和勇敢，经过较量，终于征服了护法。胡也拉不得不同意他们入族。宅吉礼举行时，达吉突然抢先找到李醒魂，进入洞房成亲；吉玛与柱头进了另一个小室。

李醒魂和达吉在打猎时巧遇三个伙伴。回村途中，女武士向吉玛报告，坎主——她的母亲误饮毒酒。廖海潜推理，得出是胡也拉下的毒。但经查勘，酒是达吉送给她母亲的。坎主中毒身亡。在决定谁当接班国王时，胡也拉借宗教施毒计，在达吉和吉玛中选，谁落选必须自尽。

达吉和吉玛争着求死。李醒魂指责胡也拉，说老规矩应该改变，揭开胡也拉的诡计，拆穿胡也拉把毒放入酒碗后，骗达吉献给其母真相，并且找到胡也拉夹藏毒酒的罐子。

胡也拉凶相毕露，趁李醒魂不备用匕首刺向李醒魂，达吉向前扑去，掩护住李醒魂，却献出了自己的生命。混乱中，胡也拉溜走，逃进女娲塔。

柱头为达吉不平，誓死要找到胡也拉。李醒魂提议去女娲塔揭穿胡也拉的鬼把戏。他们跟踪到女娲塔。胡也拉使用激光攻击李醒魂。廖海潜立刻从身边取出圆镜，将激光反射到女娲塔。镜子成了碎片，但反光射瞎了胡也拉的眼睛。胡也拉最后孤注一掷，炸毁飞船，把天水瓶塞打开，妄图淹死所有的人。

果然，飞船被炸毁不久，地下河水猛烈溢出，把女儿国淹成水泽。李醒魂坚决要把吉玛带回去。吉玛不愿意离开故土，要与女娲国人共存亡。她在洞口服了一株致命的断肠草，终于在泽国里结束了自己的生命。

李醒魂他们用树枝藤蔓扎成担架，抬着吉玛的尸体来到升天洞，并排地放在达吉的身边。

他们终于走出山谷，回到了省城。他们没有告诉任何人，他们见到了什么，经历过什么。但是，在李醒魂和柱头心里，不会忘记那远方山谷中永远消失的世界，忘不了达吉和吉玛。

《女娲王国探秘》，科学普及出版社，1997年8月，卜方明改编

逃出恐龙世界

杜 渐

船长李醒魂在海上整整待了两年，一上岸就想到了好朋友陈圆和廖海潜。两年来，“三剑侠”中的两位在生活上起了很大的变化。廖海潜不再当私家侦探，成了职业作家。陈圆成了富翁，娶了个富家小姐，婚后生活走上了轨道。这天，李收到封信，原来是老搭档青年柱头写来的，他如今已是大学生。李约柱头去看陈圆，事先打电话找廖海潜，找不到人。来到陈圆家，发现廖海潜在陈家。陈圆爱人哭着告诉李醒魂，陈圆去野外考察，两个星期未回家，人失踪了，已经报警。

陈在出事前收到一封信，是市郊环湖路发来的一封匿名信，相约陈去看恐龙。陈太太又从银行账目往来中查到，陈曾在两天前开支票给一个叫孟德林的著名物理学家，孟德林正好住在环湖路。李又从陈家发现陈在出去时带了4支最新式的枪。

警局派出探长黄杰负责这个专案，会同李醒魂和柱头去环湖路。黄杰事先调阅了孟德林的档案。孟德林是单身汉，用了个助手兼管家徐用负责照顾生活已经10多年了。孟家客厅里是凌乱的摆设，到处乱堆着衣服物件以及大量的仪器和图书。他们走出楼房，在花园深处发现一间空屋。空屋里存放着一个巨大的金属物体，像个倒罩下来的大碗，但没有机翼、螺旋桨。突然，他们发现门边有个身负重伤的人，原来是孟教授的助手徐用。他在血泊中断断续续

说，他们去了恐龙世界，有3个人，快去抢救……说完，心脏停止了跳动。

廖海潜判断，这个大金属物体是孟德林发明的时间机器，他们肯定是用这台机器，回到6500万年前的恐龙世界去了。

孟德林一直潜心于时间机器的研究工作，花费了一生的积蓄，在银行的存款也已经花得差不多了，但他还在订购科学仪器。陈圆借50万元给孟教授，另一位生物学家胡强也同样开了50万元支票给孟教授。令人奇怪的是孟教授没有去提款，人不见了，连胡强也不见了。原来，他的助手说的3个人，就是孟教授、陈圆和胡强。他们进入时间机器后，来到恐龙世界。胡强偷了个恐龙蛋，被恐龙发觉死命追击。他们想逃回时间机器，但只逃进了徐用一个人，回到原地就伤重死去。胡强腿部受伤，亏得孟教授和陈圆帮忙，躲进岩石缝里，才幸免于难，但被恐龙群围在里面，怎么也出不来了。

李醒魂走进孟教授他们发明的时间机器里，里面尽是电钮。李醒魂提醒大家别乱动，但已经太迟了。廖海潜好奇地按下红色电钮，顿时金属门关闭，机器发出尖厉的声音。李醒魂等立脚不稳，眼前一片迷雾，他们被抛进失重空间，过了很久才稳定下来。烟消雾散，李醒魂慢慢站起来，黄杰、柱头和廖海潜都醒了过来。李醒魂看到机器窗外估计已是几千万年前的另一个世界了。他们出了机器，走不多远，柱头见到天空中有只尖嘴猴头翅膀像蝙蝠一样的鸟，觉得古怪，原来是翼龙，柱头问能不能吃，廖海潜真觉得肚子饿了。柱头突然看到一只像袋鼠大小的东西，一蹦一跳向这边过来，高兴地说："我们打它，杀了充饥。"话未说完，发现它越走越快，越变越大，不到片刻就从对面山头跑过来。廖海潜催促说快回到机器里去。这时面前出现的是站立着足有10多米高的怪物，圆桶样肚子，粗大尾巴和尖利牙齿的大口，原来是恐龙。他们4人刚跑进机器，把门关上，那张开大口的恐龙已扑到机器旁，发出狂叫，牙齿在金属上碰出刺耳声响，机器乱晃，人无法站稳，全都倒在地上。由于机器用坚硬合金建造，牙齿无法啃动。过了好一阵，李醒魂走到小窗前张望，那怪物已向对面山头走去，大家才松了口气。李醒魂说："书上说，最巨大的霸王龙光是头就有3米长，口中牙齿有17厘米长，只只牙齿像大砍刀，锋利无比。看到这种龙，我们可能回到了白垩纪，也就是离开20世纪大约7万年到1亿年。"

4个人在机器里翻箱倒柜，找到了几支枪和几把砍刀，又找到了食物和巧克力。饱餐之后，他们计划下一步工作，决定集体行动，继续寻找陈圆他们。他们经过森林，见到远处山顶不时喷吐烟火。李醒魂给大家解释，恐龙时代就是火山的时代，地球的核心不时将熔岩吐出来，火山不时爆发，这片大地是不稳靠的。恐龙有肉食和素食的，素食恐龙在水边觅食容易对付，肉食恐龙可就要厉害得多了。

走近树林，柱头发现有一条彩色斑驳的巨蛇向他们蜿蜒而来。蛇的身体像水桶那样粗，长着黄绿胡子。它张开大口，一伸一缩的舌头发出咝咝的声音，估计大约有12米长。柱头大声叫大家往山坡上跑，他用力扔出砍刀，正巧射进了巨蛇大口。大蛇弹起，离地2米多高，跟着一蹿就蹿了10多米。李醒魂连声招呼大家绕山坡石滩逃。石滩上全是三尖八角的碎石，大蛇紧跟在后，可碎石太尖锐，于是它绕过石滩追来。廖海潜说："我们三个一起瞄准它开枪。"枪打中了巨蛇，它疯狂地扭动身子，尾巴用力拍打地面。这时它见人已逃远，转身退回林中去了。巨蛇退走后，他们又找到一个湖，在湖边拣到一个香烟盒子。李醒魂决心找到陈圆，他让黄杰、廖海潜返回陆地，补充重武器和探险设备，他和柱头留下。

李醒魂和柱头在山洞里，忽然发现洞顶的岩石上有白垩纪末期的哺乳动物大老鼠，他们找来充饥；又见到了棘龙被暴龙咬死，暴龙和暴龙争夺战利品的激战场面；还看到了霸王龙和异特龙。

看着恐龙相互恶斗，大家既紧张又兴奋。柱头突然想起了奇怪的问题，恐龙到底有多少种，它怎么会一下都灭绝的呢？李醒魂答不完全，他记得陈圆说过，恐龙骨头化石被人类发现，由古生物学家命名的有2000多种，最出名的有200多种。恐龙最初出现在三叠纪的晚期，通常见于欧洲、北美和中国南部等地，后来逐渐被淘汰。各个时期都有不同的恐龙，但到了白垩纪末期，统治了地球几亿年的恐龙突然全部消失。什么原因，至今还是个猜不透的谜。有种说法是粮食不够吃，还有种说法是染上了某种病毒。哺乳动物偷吃恐龙蛋，据说也是一种原因。但是最著名的假设是1979年诺贝尔奖得主美国科学家路易斯·阿尔瓦雷茨提出的“小行星撞击地球”。这次撞击相当于一次100万亿吨的黄色炸药的大爆炸，也就等于氢弹爆炸力的100万倍。由于它溅起的尘埃和碎石等于小行星自身体积的100万倍，飞转在大气中，挡住了阳光，地球上一片漆黑，植物无法产生光合作用就死亡，素食恐龙首先惨死，肉食恐龙也因没有食物而相继死亡。当然，还有其他更多的说法。

李醒魂和柱头整整在树林周围找了三天，人没找到，却又遇上了翼手龙群。经奋力搏斗，他们逃进密林，躲到树上，才渡过难关。他们走出密林，意外地找到了陈圆和孟教授及已经受伤的胡强。2天后，黄杰和廖海潜带着重武器和吉普车返回。他们刚聚合在一起，突然火山爆发，把几个人冲散。慌忙中，孟教授和胡强找到时间机器，抢先返回地球。他们留下了信，约定机器返回时间。

李醒魂和廖海潜、柱头躲过火山灾难，绕过恐龙尸堆，返回时间机器处，见到孟教授留信，终于盼来时间机器。他们借助机器来到两三百万年前的原始人时代，猛犸世界。他们遇到猛犸之后，又来到了2万年前的爪兽时期，碰上了剑齿虎，进行了恶斗；他们又看到原始人围歼爪兽的壮观场面，和穴居人的原始生活和部落间的战争。

穴居人追逐击败入侵者，顾不上他们，使李醒魂在逃离的方向上没有人阻拦。但在靠近时间机器时，一个原始女郎看上柱头，不舍地紧跟在后。在抢入机器前，原始人用弓箭射柱头。原始女郎为护卫柱头，自己中箭身亡。

经历重重困难，李醒魂他们借时间机器返回到20世纪。机器停落在公园里，就在陈圆家附近。陈圆敲门后，开门的妻子给他一封信，陈圆一看，是孟教授邀请他去恐龙世界的信。

陈圆大叫："不，我绝不要再到恐龙世界去啦！千万不要重来一次！"

《逃出恐龙世界》，科学普及出版社，1997年8月，卜方明改编

黑龙三角

杜 渐

太平洋上有个叫作黑龙三角的海域，在2个月内，先后有3艘15万吨的轮船在这海域消失。新任公司总裁、世界船王胡羡桐的女儿胡云珠决心查勘这处海域。她请来从事海洋研究的冯仲勋教授当参谋，找来她的同学、公司下属的船长李醒魂，要他们弄清那片海域到底有什么奥秘。

李醒魂知道这个海域是地球上最深的，深度超过1万米，曾被人称为太平洋魔鬼三角。第二次世界大战结束后，差不多有近百艘大船在这地方失踪。这里又常常突然出现海啸和台风。奇怪的是船只消失后，找不到一点残片和油污，船上所有的人也全部失踪，无一生还。这种无底深渊的海域，就像海底坟墓，跟百慕大三角一样神秘莫测。

李醒魂确定了探险队的人员，他和陈圆、廖海潜是老同学，不可分的"三剑侠"。陈是生物学家，廖当过刑警，是作家；另两个是擅长电子通讯的高国柱和保健医生。他们通过海军部长黄海文搞到了最新式的深海潜艇。潜艇配备了核弹电脑专家西蒙斯和范世忠；冯教授又带来了他的好朋友、日本横滨渔业研究院院长宫田的女儿妙子，她能翻译多种国家的语言，连鱼类语言也能听懂。

潜艇从中国海出发，方向西南，穿过小笠原群岛，来到世界上

最深的海洋。范世忠过去曾来过这里，潜艇当时下沉到深度比珠穆朗玛峰还要高的10910米的海沟，还没见底，却遇见了凶残的电鳗。这次潜艇下潜到1341米，出现一群白色虎鲨群。他们巧妙地躲过，又避开了大乌贼和抹香鲸。当潜艇下达到超过世界潜海纪录时，正面遇上了电鳗。他们发挥新武器的威力，奋力击退了电鳗的攻击，想越过海底火山口，却意外发现了一个巨大的半圆形结构玻璃棚。

胡云珠要亲自驾微型潜艇去侦查，被李醒魂挡住，由他带上高国柱、陈圆和妙子前去。在靠近玻璃圆棚时，四周出来10个骑在海豚背上的人形生物。它们穿着深蓝色潜水服，靠近微型潜艇，发出电超声波，尖厉的声音刺激着耳膜。正在指挥的李醒魂头痛得眼睛充满血丝，倒在地上晕了过去。跟着，潜艇被吸进了圆顶棚里。

李醒魂醒过来，发现大家都躺在地上。跟着，两个穿黄军服的日本兵进到门里，妙子听懂了日本兵的话，知道这批日本兵是50年前第二次世界大战期间被派到海底建造大潜艇的。他们与世隔绝，光知道效忠天皇，不知道陆地上翻天覆地的变化。他们把行驶在海上经过他们那儿的船只吸下去，运输矿石，补充他们的给养。妙子意外地在海底见到了日本科学家冈田。妙子告诉他陆地上的变迁，指出海底基地制造超级潜水母舰，是战争狂人要发动战争征服地球的阴谋，使冈田看到真相。冈田决定脱离军队，帮助妙子他们恢复自由。

李醒魂等几人被日本兵送到海底矿洞当矿工，受尽折磨，也了解到许多挖矿工人的苦难和日本军要建海底基地的罪恶目的。一天，日本兵头目龙崎要李醒魂他们参加冈田制造潜艇的工作。在那里他们了解到冈田已被妙子说服转向，于是便集体讨论出逃计划，不料被龙崎识破。龙崎立刻找到冈田，取出遥控器，扬言要打开水闸，将海水灌进基地，淹死矿工。冈田上前扑抢，被龙崎用枪击倒。李醒魂上前阻挡，龙崎丧心病狂，打开水闸，又将赶上去的高国柱击伤。李醒魂等急忙冲进自己的微型潜艇，冲出圆顶棚，进入海藻层，躲过鱼雷几次射击。但龙崎搭上黑龙丸巨型潜艇猛追不舍。李醒魂眼看无法摆脱，只得冒死还击。此时，负伤的高国柱对李醒魂说，不要还击，赶紧掉头，尽快想办法拉大距离，因为他刚才已经在黑龙丸电脑上做了手脚，变换了程序，在航行3小时以后，就会引起爆炸。现在已经过了2.5小时，它很快就会爆炸。

李醒魂立刻下令，以最大速度避开敌舰。潜艇加速，引起龙骨震动，设计师担心潜艇承受力，但还是挺了过去。半小时刚到，潜艇已转向行进240千米，刚到安全线。正在此时，荧光屏上代表黑龙丸的小光点猛然放大，变成一团白光，白光使屏幕亮成一片。潜水母舰沉进海沟，黑龙三角的秘密也随着黑龙丸爆炸沉入海底。这谜永远也解不开了。

微型潜艇回到母艇，胡云珠冲到李醒魂身边，热烈拥抱，深情地对他说：“这秘密就让它永远埋葬吧！只要制止一场世界大战，我们就该满足了。魂，从现在起，我不会再让你离开我啦！”

《黑龙三角》，科学普及出版社，1997年8月，卜方明改编

雪山血魔

杜 渐

喜马拉雅山麓的一个雪夜，一个雪人到村里偷猪，被村民发觉。村民将这个雪人打死了。后来，成群的雪人攻击山村，村民遭殃。喇嘛寺住持保护村民，击退了雪人的进攻。从此，雪人与两条腿的动物——人结下了世代仇恨。

一支以著名学者克拉克为首的探险队，从尼泊尔到喜马拉雅山来找雪人。他们突然受到袭击。

一个被冰雪埋藏了40年名叫耶蒂的雪人冲破冰雪而出。他发出怒吼，锋利的爪子打着冰壁，一股力量正在他身体里积聚。他要报仇，因为40年前，两脚动物杀死了他最亲爱的母亲。他疯狂地在雪山上奔跑，意外地看到一个探险队员。他撕碎了两脚动物的身体，咬断脖子，吸吮着他身上流出来的湿热的鲜血。他忽然发觉人血的美味能使他力量倍增，他终于成为嗜血的魔鬼。在冰崖上，他找到探险队营地，冲进帐篷。一个队员举起枪，还来不及扣扳机就被他拧断了脖子。他又将另一个高大的人抛下冰川去。一个金发的大个子挡住他的去路，使他愤怒若狂，顺手抓起来，咬了他脊背一口，扔下了雪坡。他没看到有3个两脚动物向喇嘛寺狂逃……

整个探险队被拆散了，人也失踪了。只剩下队长克拉克、副队长杰克和向导皮姆巴3人带着伤来到喇嘛寺。老法师嘉措长老让弟子吉布把3个已经冻得快要僵死的人救进寺中，杰克首先醒过来，他用英语把刚才的遭遇说了一遍。别人都听不懂，只有吉布学过英语，把话翻译给长老听。长老知道这雪山魔鬼复活，必将给喇嘛寺和当地人带来灾难。克拉克队长伤势过重，当夜停止了呼吸；皮姆巴被抢救过来，一周后被家人接回家去。杰克副队长在喇嘛医生和吉布悉心照顾下，一个多月后恢复了健康，背上却留下永不消失的牙痕。他和吉布结下深厚友情，相约以后继续联系。吉布过去很少跟外界接触，通过杰克了解到外面世界的许多事，也对此发生了极大兴趣。

在中学读书时就有“三剑侠”之称的陈圆、李醒魂和廖海潜，如今已分别成了科学家、船长和作家，他们多年如一日，每到暑假总要相聚在一起，畅叙友情。他们决定乘包机去加州的落基山滑雪。李醒魂带上了他当年的同学、现在的女友胡云珠同去。胡是富商，有女船王之称。她也是落基山滑雪场的大股东。

李醒魂在航空公司办完手续出门，看到一个身披袈裟的人在柜台前买票去旧金山，只见他正在为机票临时紧张无法成行犯愁。李醒魂出于好奇上前了解，原来那人就是吉布。他是奉长老之命下山，去旧金山寻找杰克的。李醒魂决定带他乘坐包机同去，吉布感激不尽。在飞机上，吉布把探险队在山上遇险之事讲给李醒魂他们听，又告诉他们说，嘉措大师在半年前圆寂，临终时嘱咐吉布，他有心灵感应，那个曾在雪山上杀人的雪人，已经变成嗜血的雪魔。他要吉布下山去美国找杰克，一起想办法制服这个血魔，为人类除害。吉布给他们看了嘉措大师用藏文写的信、皮姆巴奇给大师的报告和杰克当时受伤情景的照片。胡云珠拿来照片一看，吓得连忙掉头过去，她不忍看那惨状。

女船王为商业广告需要，召来滑雪健将帕尔默和广告模特小姐塞尔玛，要他们制作广告。两人在山顶上训练时，先后被雪魔杀害碎尸。经吉布从尸骨中确认，就是当年的血魔耶蒂所为。

原来，雪人变成嗜血的雪魔后，再也找不到过去的同伴，分开40年，同伴不知跑到什么地方去了。他所留着的就是复仇的烈火。雪山上的豹子和野熊根本不是他的对手，野生动物闻到他的气味就飞奔逃命。为了觅食，他越过青藏高原，穿过蒙古荒漠，横穿西伯利亚森林，走进北极圈，他靠吃死鲸的肉来维持生命。有一次，他一下遇上了两头巨大的北极熊，他扑向一头较大的熊，用力一拧，就把熊的头拧断了，另一头慌得钻进海里逃命。他跳上浮冰追赶，浮冰向白令海峡顺流而下，把他从阿拉斯加一直载向加州的北岸，登上陆地，来到落基山脉。雪魔在山峰上看到山下雪场的两脚动物，想起了多时未吸到过的人血的美味，正好帕尔默和塞尔玛上峰顶表演，他就不客气地把两人碎尸吃了。

李醒魂决定成立狩猎队，专门猎捕雪魔。他找到军火商，出高价买来最精密的武器。他让吉布去洛杉矶找杰克，共商擒敌大计。

杰克被找到，和吉布一起来到落基山雪场。杰克告诉他们说，对付雪魔不是件容易事，必须有一种能爆炸而又不发出巨响，不会在山上引起雪崩的武器。李醒魂问什么地方能制造这种武器。杰克领他去看望一个怪人。

怪人是军火商莫里森，专做黑市军火生意的头子，还是个天才发明家，自称是军火专家。杰克见到莫里森，直截了当提出要求，又从袋里掏出张纸。莫里森见画的是弓箭，杰克解释说，弓箭无声，又不会引起雪崩。莫里森摇头不同意，因为它无法在30米外射进比犀牛皮还硬的厚皮。莫里森提出，如果不留整尸，不吃它的肉，可以在弓箭上加弹头。它射进猎物之后，弹头就会直刺进去，在体内爆炸，将猎物炸得粉身碎骨。莫里森又提出制造这种武器，代价是15万美元，3天后交货。李醒魂爽快地答应了。

第二天，狩猎队派出队员上雪山侦察雪魔行踪。一个队员在冰崖边找到一头幼熊尸体，又在不远处发现有母熊和雪人搏斗的痕迹。发现雪魔行踪后，狩猎队就近扎营。

滑雪场两人被害的消息传到警局，罗杰斯局长出面干预，发现李醒魂私建狩猎队，还向黑市军火商购置武器，立即制止。在山下等候武器的廖海潜和胡云珠，亲自陪同莫里森到狩猎队试验新武器性能。

杰克带领5名队员追踪雪魔踪迹。队员谢菲偷懒装脚病，杰克让他留在第二基地看守补给物品。晚餐后，谢菲点亮汽灯，掏出手枪，顶上子弹，放在枕边睡觉。这时开始刮风，又下起大雪，睡梦中他被一种奇异声响吵醒，听到了野兽似的咆哮声，立刻把无线电打开，希望跟其他人取得联系。但电池用光，无法联系上。这时他发觉有什么东西在外面撕拉帐篷绳，他后退一步，举枪大声发问，外面未回话，却伸进一只巨大毛手。谢菲不停地开枪，黑影非但没有倒下，反而舞动双手向他冲来。谢菲不幸被雪魔吃掉。

守在无线电旁的陈圆连续几次向第二基地发出呼叫，毫无反应。他立刻和胡云珠商议，和李醒魂紧急通话，也联系不上。

雪魔吃掉队员谢菲后，爬上雪峰，发现了狩猎队。

原来，杰克、李醒魂和3名狩猎队员在登峰时遇上暴风雪，他们被困在雪峰，零下40摄氏度的低温使几个人冻晕过去。恰恰在这时，冰崖那边雪在下陷，露出一片黑色缺口。雪魔正在那里，用仇恨的目光看着他们。

杰克命令队员们立刻散开。一个队员抢先冲向缺口与雪魔搏斗。杰克和李醒魂要用弓箭，又怕射中队员。队员被雪魔咬断脖子后抛下山崖。李醒魂的箭射出，正中雪魔右臂。雪魔后退一步，跌下山崖，消失在黑暗中。可冰雪下陷，也把狩猎队下山的路切断了。在最困难的时刻，胡云珠和陈圆乘直升机来雪峰救援，也见到了冰谷中正在垂死挣扎的雪魔。李醒魂在将近90米的射程中，举弓扣动扳机，箭被冻住，射不出去，雪魔反倒冲上前来。在千钧一发间，吉布双手紧握禅杖，像一支长矛一样扔出正好射中雪魔胸膛。雪魔想把禅杖拔出来，却拔不出，他瞪着血红的眼睛向吉布冲去，被李醒魂和杰克同时射出的箭射中头部，他的头在几秒钟里炸开。

血魔耶蒂终于结束了他罪恶的生命。

《雪山血魔》，科学普及出版社，1997年8月，卜方明改编

金色流星锤

杜 渐

我去采访年轻有为的企业家孟明。走进他宽敞的办公室，意外发现了桌上一个有很多尖刺的金色球体。我好奇地问他：“这又是你的电子新发明吗？”他摇摇头，顺手把金球递给我看：“这跟电脑毫无关系，只是个‘流星锤’。”他告诉我：“这不是地球上的制品，这是一件外星人的武器。”他的答话引起了我极大的兴趣，忘掉了自己的采访任务，逼着他把外星人武器的来历告诉我。孟明无奈，只得讲述了他在20年前碰到的一桩奇事。

孟明那年12岁，读小学六年级。他是学校的棒球队队员。有一天在球场练球，轮到孟明上阵。他握好球棒，等着投手掷球，只见对方来了个大棒手，球像箭一样飞来，孟明眼皮也不敢眨一下，看准球的来路猛一挥棒。这一击竟把球击得飞上天，跟着一个圆弧形下旋飞出了球场。接着是一阵玻璃碎裂的响声，球落进对面小山坡上外国人住的花园里去了。上次他们曾经把球打进去过一次，花园主人派警卫闹到校长室，结果吃足苦头，球员每人都记了大过。大家都称那里为“禁区”。

孟明想，祸是他闯的，一人做事一人当。他跑到禁区园门口，那个警卫不在。他决定爬墙进去把球拿出来。孟明从墙上跳下，跑到大厅台阶下，从碎玻璃窗往里一望，大厅里陈设豪华，有一个古玩架倒在地上。原来球穿过玻璃窗还把古玩架打倒，珍藏品已四散开来，满地都是碎片。孟明心一横，不管它，把球捡着再说。他跳

进窗，眼前突然一闪，不知怎么掉落在一间光板的房子里。接着眼前有一个头大身细的怪人，坐在一张悬浮在地面上的椅子上，那个球正好捧在他手上。孟明还没弄清是怎么回事，怪人倒开口说话了："欢迎你到达仙女座星云，我叫荷蒙达狄，是仙女星座第八星球尼尼西人的首脑。你想要这个球，我可以奉还，不过有一个条件，你得为我们做一件事，作为我们尼尼西人的代表去同獴刚人谈判。"

孟明一听，吓了一跳，他怎么到了仙女星座？难道自己离开了地球，一眨眼工夫就飞越了这么远的距离。

荷蒙达狄告诉孟明，他是通过时空通道来到仙女座星云的。尼尼西人是一个先进的族类，很久之前就消灭了战争，他们到过许多星球去研究探索宇宙的奥秘，也知道地球人类是好战的族类，几千年来从未停止过战争。侵略成性的獴刚人威胁要占领仙女座星球，除非尼尼西星球派人打败他们。可尼尼西人不擅长战斗，只能请好战的地球人帮忙。

孟明想，自己虽是小男孩儿，但比起怪人来要高得多，既然来了，就打一架吧。他选了一根像球棒一样的金属棒作武器，跟着荷蒙达狄来到一扇金属门前，金属板门自动打开。

外面是一个圆形场地，四周看台上坐满了人，一边是尼尼西人，另一边是叫嚣鼓噪的獴刚人。荷蒙达狄走到场地中心把孟明介绍给大家。孟明像摔跤手一样拿着金属棒跑向场地。他脚一离地就蹦了一丈高。孟明明白，这星球的球心吸引力比地球吸引力小得多，所以才身轻如燕了。

轮到对手出场，孟明刚一看，腿就发软了，对手叫赫加，个子比孟明高大一倍，浑身肌肉结实，长着蜥蜴一样的头，一对像死鱼眼珠一般的眼睛，身上长着青灰色的鳞片，腰间围着一条皮肚兜，上面挂着几个金色流星锤，手上还拿着一柄长剑。他每走一步，地面就颤动一下，样子好吓人。

孟明想，不怕敌人就是战胜敌人的第一步，他努力使自己镇定下来。他看到赫加脚步笨重，自己身轻，心想不能比力气，只能靠灵活，才能取胜。

赫加叫嚣了一阵，冲向孟明一剑砍下去，孟明一纵身，跳到赫加身背后，等他回过身，孟明迎面一脚，踢中了赫加的下巴。赫加气得用剑砍下来，孟明用金属棒抵挡不住，武器从手上飞掉。赫加乘机追杀，孟明用跑垒的速度奔向墙角，赫加紧跟过去用力砍下，孟明溜掉了，剑砍到石墙上，一折两段。

就在这时，赫加拿下腰间的流星锤，孟明又捡回了金属棒。赫加扔过来第一个流星锤，孟明往地下一滚，躲了过去，流星锤深深地钉进墙壁。

赫加马上扔出第二个流星锤。孟明站正位置，对准飞来的流星锤拼命一击，把那金属球打得像飞弹一样反射回去，正好击中赫加的脑袋。赫加瞪着死鱼眼睛望了孟明一眼，身子往后一仰，倒在地上不动弹了。

公证人宣布孟明胜利。尼尼西人响起一片欢呼声，獴刚人则垂头丧气地离开决斗场，撤回老家去了。

尼尼西人要开宴会欢庆胜利，答谢孟明。孟明急着回家，他妈妈还等着他吃晚饭呢。荷蒙达狄送了个流星锤给孟明留作纪念。

孟明被送进时空通道，一眨眼间已经回到地球。他溜出通道，从窗口跳进花园，回头一看，窗门的玻璃完整无缺，关得牢牢的，再看古玩架，也好好的没有翻倒在地。孟明跑回家，妈妈正等着他吃晚饭。

《夜闯神秘岛》，广西科学技术出版社，1997年8月，卜方明改编

09断臂

韩　建

09是阿米星人精心制作的机器人。他的外表像主人，但比平均只有1米的主人要高大和粗壮好多，他身高1.8米，四肢发达，脑容量每秒可进行上亿次计算，不断学习，可以适应新情况。这一次，他就是单独运送一个试验观察品——经过火星治愈的少女返回地球。

当初，09按主人的命令单独去捕获地球人，经过半年的寻找，他把这个少女作为捕捉对象。少女优美的体形、乌黑的长发和天真无邪的眼睛引起09的好感，更重要的是这个在地球上刚进入大学的姑娘患了地球人目前尚无法医治的疾病——恶性肝癌并全身扩散。为了治病，学校为她募捐，医生为她会诊，最终都束手无策。在生命的最后时刻，姑娘换上心爱的服饰，戴上祖传的银手镯，登上了悬崖峭壁，正好09发现了她。09明白主人指令要他找个地球人，目的是在他们大脑中植进一个对他们身体毫无影响的微型仪器，然后送回地球，便于阿米星人能够长期了解和掌握地球人的社会状态。09知道，按照主人要求，找这样一个濒临死亡的少女是不合适的，但他钻了个空子，主人的命令中没有提到地球人的健康标准。09明白，阿米星人对治疗少女这类病是有把握的。果然，主人在检查了少女的健康情况以后，决定让09送姑娘去火星基地治疗。

在火星基地，09从少女脑波档案上得知少女会讲英语和彝语。他把病情翻译给医生，经过治疗，她恢复了健康。少女知道自己已经离开地球。这么远的距离，来到了距离地球有27光年的阿米星球，乘坐阿米星上的飞碟母船只需地球时间7天就可以完成。

少女是学旅游学的，她只知道爱因斯坦的相对论的一点理论，光速是不变也不能超越的。09给她解释：地球上所说的相对论有很大缺陷，超过光速对阿米星人来说是很普通的事。飞碟母船凭借强大物质能量可以做长距离超越时空的飞行。这种飞行从理论上是不需要时间的。当然，进入和摆脱这种飞行状态却需要时间。而且由于距离遥远，必须分段做多次超越飞行，要在预先建造的中间站停留和补充能源。目前地球人还远远达不到制造飞碟的水平。

少女的治疗测试结束，按主人的命令，她将进入半休眠状态返回地球。

飞碟进行途中，突然反常地剧烈振动，09立即与飞碟光计算机交换信息，反馈是1号蓄能器故障，2号蓄能器无法启动，能源中断。这时正好又有一不明物体迎面撞来，飞碟轻度损伤，通信系统失灵。09明白，解救办法是利用附属能源尽快到达地球基地，但附属能量有限，只能维持飞碟数十分钟的飞行，一旦耗尽，飞碟将失控而坠入大气层烧毁。此时，光计算机已显示出能量不足信号。

半休眠的姑娘被震醒了，她惊恐地望着09，问有什么解救方法。09知道，正常办法就是减轻飞碟载重量，必须抛弃载运货物。少女听懂了09的话，平静地躺进休眠箱等待被推进抛物舱。09往休眠箱里补足了氧气，刚要推，又把姑娘拉了回来，打开休眠箱，让少女出来。他对少女说："我已经测出了你的体重，跟我左臂差不多，我用手臂代替你。我可以独臂驾驶飞碟。"

少女感激地把嘴贴在09的左臂上吻了一下。很快，左臂断落下来，放进了休眠箱。左臂掉下来时，一个环形零件掉落，姑娘捡起藏在自己怀里。

休眠箱进入抛物舱，仪表上红色光线由长变短，最后只剩下一个小红点。09说重量不足，快将环形零件补上，姑娘灵机一动，把自己手上的银手镯放入休眠箱，红点闪动消失，休眠箱立刻被抛出飞碟，坠落大气层。

飞碟掠过长空，进入地球，少女看着窗外的朵朵白云，蔚蓝的天空和熟悉的山峰、河流、田野，禁不住热泪飞泻而下。09注视着少女可爱的神情，暗自赞叹：生命毕竟是美好的。

《恐龙人王国》，新蕾出版社，1997年第7期，赵喆改编

梦魇

寒 武

左眼钻心地痛，我听见一个老人在说话。睁开右眼，我看清了对面的审讯者，他是叛军首领卡思伯特。是他发动军事政变，篡夺火星政权，建立帝国，并通过第五纵队，使地球联邦分崩离析。地球人类只剩下月球上的阿卡斯基地和地球上的盖娅基地。现在，我成了叛军的战俘，受着严刑折磨。卡思伯特用钢钻钻我的脑壳，头皮被揭下，钻头伸入我的大脑，我发出惨叫。

我腾地从床上坐起来，全身是冷汗，原来是场噩梦。几年来，我常常受这个噩梦的折磨。最近，为调查C157失密事件，我被搞得焦头烂额。基地司令官召见我，将军要我将C157案子交给皮埃尔，有更重要的事要我办。原来，银河号战舰在补给中遭叛军袭击后被摧毁。银河号的薄弱环节、补给的时间和地点都是核心机密，但叛军了如指掌，说明基地高层混入了奸细。知道“辛巴达计划”机密的人不足30人，而保密工作是由我负责的，挖出间谍的任务，自然就落在我身上。

我必须怀疑身边的每个人。我谒见了掌握军政大权的盖娅女神，向她请求给我72小时无限的权力。她答应了。

所有机器人卫兵都得到指令：听我的命令。我命令两名机器人

卫兵要来两箱专供重精神病患者用的HM针剂，所有的人都注射HM针剂，人们丧失了意志，电脑对每个人进行询问，结果直接送到盖娅女神那里。

报告书使我一惊，心理作战部的埃尔顿是叛军的谍报人员，但是“辛巴达计划”不是他泄露的。盖娅基地里有一个王牌谍报员代号艾斯伯格，直接受命于卡思伯特。但是用HM针剂查不出艾斯伯格是谁。我只剩下50小时了。《孙子兵法》中有“攻其不备，出其不意”，我产生了一个想法。我把主意讲给罗纳德将军听，他要我立即晋见盖娅女神。

一切进展顺利，盖娅女神批准了“朱庇特计划”。在进攻之前，盖娅女神主持了对大量数据进行修改了的实战模拟。这都是演给那个间谍艾斯伯格看的，让他使叛军首领卡思伯特受骗，分散火星上的兵力，使舰队司令柯尔比可扑向火星，歼灭叛军。

我故意问：“要是卡思伯特先向地球开火怎么办？”罗纳德将军说：“月球基地上有反物质弹。”大厅中一片欢呼。这是我和罗纳德演的双簧，目的是为了欺骗艾斯伯格，让卡思伯特不敢轻举妄动。

作战指挥厅里一片忙碌，罗纳德将军在发布一道道命令。从大屏幕上，我看到进攻部队在集结，一艘艘战舰升空，踏上征途。

时间在流逝，敌情通报一个接一个，火星敌军在频繁调离。看来，叛军中了调虎离山计。再过16小时，柯尔比司令就要实施“朱庇特计划”，扑向火星。

突然，基地中响起盖娅的呼喊，作战大厅里挤满了人。叛军的帝国舰队正朝地球高速驶来，罗纳德将军下达了反击指令。但是，计算机拒绝执行，原来，敌人已窃取了军事机密。基地的监听器中收到了叛军劝降的广播。我和罗纳德无法相信卡思伯特会进攻地球，准是这个神秘的艾斯伯格知道了我们的底细。

我们被包围了，周围全是敌人士兵。很快，我和罗纳德将军都成了战俘。我被押出了队伍，罗纳德和其他战俘被叛军的枪手们扫倒。

就像梦中见到的那样，卡思伯特坐在我对面。他告诉我，地球被占领了，盖娅女神自毁了，月球上的基地也被炸毁，柯尔比的舰队将被隐形太空雷所消灭。他把一切功劳归功于我——艾斯伯格。

我听后莫名其妙，我怎么成了奸细艾斯伯格。卡思伯特告诉我，33年前，他们为征服太阳系，挑选了200名幼儿，在体内植入纳米计算机后，送入特工家庭培养，让他们进入高层，最杰出的便是我——艾斯伯格，混进盖娅基地，得到重用。

我不相信这是真的。卡思伯特指指我的额头，原来我的眼睛是监测器，耳朵是窃听器，我看到、听到的信息，全都会毫无保留地传送出去，卡思伯特正是通过我得到了核心机密。

我已听不见卡思伯特在说什么，我拔出了盖娅佩剑，我曾经签署过十几道对火星奸细的死刑判决，但亲手处决一名超级间谍还是第一次。

《科幻世界》，1997年第11期，方人改编

警察与麻雀

江渐离

2052年，地球人接待了来自宇宙深处的巴克星人。巴克星人寿命很短，于是派间谍来窃取地球人的生命秘密。

一天，滨海市生命研究所抓获了一名巴克星来的间谍。国际

反外星间谍局的侦探尤恩和杜邦来到现场。尤恩问中国警官："他们是通过什么方式潜入的呢？"中国警官回答："间谍体内有自动洗脑装置，我们审讯不出来。"杜邦又问："最近附近有陌生人活动吗？"

中国警官找来负责这一片的警察吴洪波。他肯定最近这里没有可疑人员活动。不过，他认为那个间谍有可能是通过时空隧道进入研究所的。

尤恩十分奇怪地问："为什么？"小吴回答："我在德国考察时，正好遇到过类似的案件。"

尤恩更奇怪了："为什么要到德国去考察？"中国警官介绍："小吴是鸟类学家，是到德国去考察鸟类的，对各地鸟类的叫声有特殊的研究。"

尤恩还是不明白，研究鸟类叫声与反间谍有什么联系？小吴指了指研究所门外的树林说："我听到林子里麻雀的叫声，就知道了外星间谍在地球上的秘密据点。"

大家都很诧异，小吴继续说："我刚刚听到林子里的麻雀叫声不和谐。其中有一只麻雀叫的是北欧'口音'，它肯定来自欧洲北部。不可想象，一只北欧麻雀会自个儿来到这里，因为麻雀是群居的鸟类。所以我认为巴克星间谍的秘密据点是设在德国法兰克福北部郊区，那只麻雀明显是那里的'口音'。巴克星人通过时空隧道传送间谍的时候，不小心放进了一只麻雀，所以这只德国麻雀才会出现在中国。"

国际反外星间谍局的侦探们目瞪口呆，立即将这一情况通报总部。7个小时后，果然在法兰克福北郊破获了巴克星人的秘密据点。

《我们爱科学》，1997年第2期，爽爽改编

太空邮瓶

姜亦辛

辛辰博士和助手李基振驾驶着狐狸号飞船从卡帕星球出发，飞向宇宙。

突然，飞船的蜂鸣器讯号灯一闪一闪，随即发出呼叫：“正前方发现一个飞行物，经初步测定，是一只被抛弃的思维读写记录器，请求指令”。辛辰指示：“把它截住，送到这里来。”

几分钟后，传送带送来一只圆筒。博士心里一沉，不知是哪个星球上的同行出事了？依照星际航行家们的惯例，当飞船出事，无法获救时，便向太空扔出名为“思维读写记录器”的“太空邮瓶”。辛辰把记录器塞进读写机，一会儿，显示屏上出现几行卡帕文字：“这是32万光年外地球文明中的中国汉字。文字很复杂，需47分钟破译时间。”

47分钟后，显示屏显出了译文，是航天日记——

2037年3月7日

几天前，宇航站通知我，即将进行我的“灵魂”与倩女号飞船结合的手术。作为第一个与飞船结合的女性，我感到无比荣幸。

3月9日

今天进行手术。陆医生叫我躺在一张床上，用一块东西罩住我的双眼。我不知躺了多久，觉得自己离开了身体，飞升起来。我向下看了一眼，见我的身体静静地躺在那张床上。不远处有一道柔白的光源，我猜想大概是通向倩女号的吧。我向它飘去，很难形容我和倩女号是怎么结合起来的。一刹那间，我便进入新躯体——那些冰冷的合金元件中。

3月10日

今天是我在飞船上的第一天。我欣喜地发现，自己置身于广袤的太空。脑子里想怎么驾驶飞船，飞船便按我的意志动作，一切正常。

5月2日

我已经不知疲倦地飞行了近2个月。最近我发现"倩女"的态度越来越冷淡，有时候不大肯合作。"倩女，这是怎么回事？你为什么不合作？"我把我的思维传递给她，她一声不吭。

5月9日

今天，"倩女"终于向我说话了："自从你进入中央控制系统，我就有了一种被贬的感觉。后来我发现，你的各种功能都大大超过了我，于是，我就不再与你合作。"

天哪！她竟有这种情感程序！"你现在打算怎么办？"

我向她传出我的思维。她发出阴险的笑声："飞船10分钟后自动解体！"

那么，我该怎么办呢？我想起了太空邮瓶。于是，我匆匆选择了几篇航天日记，将它们输入思维读写记录器中。再见了，地球……

博士看完日记，久久才说："不可思议，会不会……只是一场梦？也许，压根儿不存在什么地球文明。"他吩咐助手："扔掉'邮瓶'。返航。"

狐狸号抛出一个小小的圆筒，无忧无虑地向卡帕星球飞去。

《十九号太阳门》，21世纪出版社，1997年9月，庄秀福改编

厄斯曼故事

姜云生

厄斯曼做了一个梦。梦见自己是一个原始人，与同伴一起住山洞、打野兽、拣鸟蛋……

厄斯曼醒来时，一下子还弄不清自己究竟身在何处，甚至不明白自己是谁。直到他睁开眼睛，看见太空舱，这才猛地明白自己的身份：厄斯曼，专业宇航员，刚完成一次外太空考察任务，现正返回地球。

他看见副手正在电脑前工作。突然，副手报告："不好，我们误入了非常引力区边缘！"非常引力区是一个神秘的区域，飞经该地区的太空船会莫名其妙地被它吞没。厄斯曼尽量使自己镇静，根据副手提供的数据，向电脑输入资料。一会儿，电脑吐出两句话："飞船无故障。飞船以每秒递减50%的速度行进。"

出路已经没有了。厄斯曼决定立即采取最后措施——把副手用救生艇朝神秘引力相反的方向发射出去。副手惊恐地看着厄斯曼，厄斯曼说："再延误下去就要同归于尽了，那是毫无意义的。"副手只得按照厄斯曼的吩咐，把两箱资料搬上救生艇。飞船的腹舱被打开了，一只救生艇向太空飞去，厄斯曼临危不惧，让副手死里逃生，把一批资料带回地球。他自己却被吸入宇宙旋涡，再也没回地球。

为纪念厄斯曼这位人类航天史上的英雄，最新型号的电脑被命名为"厄斯曼"。电脑厄斯曼似乎很有个性，就像当年那个厄斯曼一样聪明、果断，干活很拼命。它根据已有资料，运转127个小时，对人类20世纪中叶提出的"大爆炸"理论得出了肯定的结论。

天体物理学家小厄斯曼——厄斯曼的儿子，听说电脑厄斯曼特别聪明，便想让它解答一个令全世界数学家和物理学家头痛的问题：大爆炸之前，上帝——如果他存在的话，在干什么？小厄斯曼把成箱成箱的数据、符号、公式“喂”给电脑，电脑厄斯曼勤奋地“吞食”、工作着。

当小厄斯曼重新回到电脑旁时，电脑已烧毁，旁边有一张它吐出的纸条，纸条上印着：“厄斯曼很惭愧，解答不出大爆炸之前的问题。我已经把全部资料编入‘π’之中，请向太空发射‘π’，收到讯号的将会回答。这是我最后的奉献。永别。”

小厄斯曼看着已烧毁的电脑厄斯曼，落下了伤心的眼泪。

《十九号太阳门》，21世纪出版社，1997年9月，庄秀福改编

灵　感

姜云生

“林语堂？是不是那个‘两脚踏东西文化，一心评宇宙文章’的大文豪？是不是撰写‘饭后一支烟，赛过活神仙’这香烟广告的人？”我在键盘上打个“Yes”。电脑“吱吱喳喳”响了一阵子，一会儿，响声消失了，显示屏上显出——

“有条件地接受有关林语堂的资料，鼓吹吸烟的文章言论除外。”

我心里暗暗吃惊！买这台电脑时，销售公司介绍，只要把某个研究对象的资料——他的作品、书信、履历、血型等输入其中，这台电脑便会模仿该对象的思想、谈吐风格，通过显示屏与操作者笔谈，回答任何问题。当时我对此还有点将信将疑，现在看来，说不定它还真有这本事呢！

我高兴起来，开始将一份份资料输入电脑。起先是《林语堂传》《八十自叙》，后来是几十本中、英著作，当然，我把那些鼓

吹吸烟的文章全部抽了出来。最后，我把自己的博士论文《林语堂论》输入了电脑。

输毕，我开始耐心等待答案。在把论文交给导师之前，先让电脑审查一下，心里会踏实些——此刻这电脑便是林氏本人的化身嘛！

电脑的运转速度快得惊人。没多久，显示屏上的文字出来了，让我大吃一惊——“缺乏灵感，无可奉告。”

灵感？Inspiration，“烟士披里纯”；或者，不如叫“烟使笔理顺”？

想到这里，我心里豁然开朗，赶紧拣起刚才抽出的有关抽烟的文章，全部输入电脑。完了还不停敲打键盘，用手工输入“TABACCO、烟使笔理顺……”

奇迹出现了——显示屏上出现：“立论中肯，深得吾心；出诸大陆青年之手，不亦快哉！百年之后，拙著尚得流传，不亦快哉！将Inspiration译作烟使笔理顺，乃妙译也……”

哈，这语气与《来台二十四快事》何其相似！我欣喜若狂。正在这时，只听见“啪”的一声，显示屏一片黑暗，电脑冒出缕缕烟雾……

我猛然想起作业前显示屏所示的条件，心里顿时明白，数万元买来的新电脑快被我毁了。我立即按下“退出”键，将与“烟”有关的文字全部退出。亏得我眼疾手快，电脑总算保住了！

显示屏又亮了起来，又有文字显出。不过，还是那两句话：“缺乏灵感，无可奉告！”

《十九号太阳门》，21世纪出版社，1997年9月，庄秀福改编

太空疑案

焦国力

太空侦察员乔新接到空间矿冶工程局保卫处的通知，TK-3太空工厂发生了一件奇怪的案件，要他迅速赶去。乔新稍作准备即驾驶航天飞机直向太空工厂飞去。几小时后，航机与工厂的对接舱对接完毕。乔新走进了工厂。

乔新在负责TK-N型矿石冶炼和TK品制造的宇文璋教授陪同下，来到了休息舱。紧接着，宇教授说："TK-N型矿石是一种宇宙珍稀矿产。K金库在低重力、高真空环境中冶炼，经悬浮提纯后，可以得到一种K金属，它能耐高速、抗高温，是一种制造航天工具的极佳材料。前些日子矿石运送及时正确，可就在我们冶炼工作才开始不久，就连续发现从月球采矿基地运来的矿石是假的，根本不能冶炼。这里肯定有人破坏。"乔新接着问："月球采矿基地严华教授知道吗？""知道。"

对严华的情况，乔新是非常了解的。严华毕业于费尔顿矿冶学院，现是宇宙工业学院的采矿教授。在父亲的鼓励下，他冲破重重险阻，回到祖国。他工作认真，几年来已在勘探、采矿工作中做出了成就。严华在听到矿石失踪时也极为震惊。乔新沉思了好久，说："我怀疑矿石会否半路上被人调换。因为运矿船是无人驾驶的，它是靠本身定向识别系统来航行的。我最近发现了一个奇怪的碟形航天器，位置正好与太空工厂和月球采矿基地形成了一个等边三角形。这样假定运矿船从月球出发时，另有一假矿石船从碟状航天器也同时出发，于是当运矿船被骗到碟状航天器时，那艘假矿石船也正好运到太空工厂。"乔新愤怒地说："是该死的碟状航天器发出的诱骗电波调换了矿石。可碟状航天器又在哪里呢？又如何抓到它们呢？”于是乔新决定亲自驾驶太空快艇去月球基地查个明白。

当严华得知运的是假矿石时，想到事关重大，于是为了弄个水落石出，决定亲自驾驶太空快艇跟踪运矿船走一趟。太空景色虽然美，但此时的严华无心欣赏，他想起了前几天发现过一个奇怪的碟状航天器，也曾收到过杂乱无章的电波信号。难道矿石的失踪与碟状航天器有关吗？突然，呈现在显示器上的运矿石船的航行轨迹零乱地跳动起来，但很快又恢复了正常，严华总感到航向有点偏斜。不久，运矿石船按预定时间对接了，严华的快艇也顺利停靠。当严华从对接舱走出时，发现不是在太空工厂而是被送进了碟状航天器。

在碟状航天器里，严华想到只能将自己装扮成机器人才能应付坏人。为了测试严华是不是机器人，坏人对他进行了充电试验，可事有凑巧，对他充电的竟是他的大学同学和女友——艾勒·丽丝，两人相见，纵有千言万语，也只能两眼对视，充电室内四周装有窃听器。严华拿出一根金属棒，实际上是一个语言传感器，通过它把两人的大脑语言中枢连在一起，这才使严华知道，此碟状航天器是黑社会大头目哈尔·海德的据点，他正设法抢夺TK矿石和TK产品。女友丽丝被海德骗来做机器人充电工作，以作为换取她父亲发明专利权的人质。丽丝搭救了严华并一起熟悉据点情况，设法逃走。

哈尔·海德派出空间别动队袭击了太空工厂，技术资料没找到，只得将宇教授绑架来据点。正当海德诱逼宇教授时，一个仆人报告，又有矿石船来了。可当海德高兴得得意忘形迎上前去时，早已躲在舱内的乔新一跃而起，用激光枪对准海德。面对枪口海德步步后退，并想踩踏身后暗舱开关，使乔新跌落暗舱。正在这千钧一发之际，严华和丽丝从海德身后小门闪出，用重铁棒将海德击倒，宇教授也获救了。

矿石找到了，强盗消灭了。严华、丽丝、宇教授和乔新一起登上飞船向太空工厂飞去。

《太空疑案》，新蕾出版社，1997年6月，严红改编

神秘的飞船

焦国力

航天基地指挥中心黄浩大队长把去太空5号空间实验站接鲍雷工程师返回地面的任务交给了杨毅。杨毅虽说刚过20岁生日，但已经是个优秀的航天飞行员了。

此时，黄队长正坐在控制台前等待着杨毅的航行消息。不久接到杨毅报告发现有不明飞行物跟踪，黄浩听到报告后立即发出了紧急准备信号，并命令杨毅继续密切注意。但是，过了不一会儿，飞行物就消失了。杨毅坐在指令舱里，仍回忆着刚才所见的圆形的不明物，也想到要完成好首长交给的任务，安全接回鲍雷工程师，顿时感到责任重大。鲍雷工程师是航天工业专家，参加过第一架航天飞机的设计，现正在5号空间实验站领导试制新式兵器的工作，经过4个月奋战，现在已经结束了。

突然，航天飞机观测仪的荧光屏上出现一个雪茄状的飞行物。只见它像一条大鲨鱼凶猛地向杨毅的航天飞机飞来，继而在观测仪上又出现前不久见到的圆盘状的飞行怪物。这怪物飞快地接近那大鲨鱼，并把它紧紧抓在肚皮下，以极快速度与杨毅航机同向而去，消失在茫茫宇宙之中。

杨毅将这个发现报告了指挥中心。此时航机正进入星际危险区，还未等黄浩向杨毅交代要注意安全时，航机又发生了剧烈的抖

动。航机脱离了轨道，开始向大气层坠落。杨毅镇定自如，一方面想到如何保护运输舱，因为那里有许多贵重的仪器和天文观察资料；另一方面向太空发出了SOS求救信号。正当杨毅把应急降落系统转接到运输舱时，那圆盘飞行物又出现在杨毅航机前面，紧接着航机晃动一下，航机不但不向下坠落，相反被紧贴在飞行物的肚皮下，随着飞行物高速旋转，直冲太空。

当黄浩队长再次在指挥中心屏幕上见到杨毅时，已经是杨毅带着微笑向他报告鲍雷工程师利用试制成功的行星太空营救船营救他的经过，而雪茄状的大鲨鱼飞行物也就是某国的航天间谍飞机。

几天后，鲍工程师在基地会议室给大家上了生动有趣的一课——太空护卫营救船的诞生。

原来，营救船是以太阳能为动力的，完全由电脑自动控制，在船上装有12对吸盘机械手，它是根据壁虎的吸盘原理制造的。靠这些吸盘，机械手紧紧地吸住被营救的航天器，机械手的力量可达几万千克。船上的电脑是由5号空间试验站指挥舱直接控制。

鲍雷的讲话刚一结束，整个会议厅响起了经久不息的热烈掌声。

《太空疑案》，新蕾出版社，1997年6月，严红改编

不称职的机器人

焦国力

滨江是座有几百万人口的繁华城市。为了解决城市的交通难题，市交通控制中心从国外买进一个叫孛桑妮娅的机器人。

孛桑妮娅的能力确实超人，设在各路口的成百台监测器和传感器将各种车辆数量、车况、车速……的数据交给她，经过她的分析、计算、处理，筛选出最佳方案，然后给上万个路口及时发出指令，使每辆车有条不紊地行驶，整个工作仅在千分之一秒内即可完成。在这里一切车辆不受阻塞，因为看不到红灯，遇到的只是加速和减速的信号。

一天傍晚，从收音机里传出："在本届奥运会上，我国先后获得男女篮球、排球四项冠军，今天又获得男子足球首次世界冠军"的消息，欢乐的人群不约而同涌向街头，欢呼声、鞭炮声、锣鼓声响彻全市。一瞬间，交通被堵塞了。

孛桑妮娅顿时惊奇万分，面对这突如其来的情况，她赶忙按软件设计的特殊交通状况程序开始工作：打开红灯，封闭交通。这是她第一次使用红灯。

不一会儿，交通控制中心的门被打开了。进来一位名叫石林的英俊青年对她说："几分钟前，发生了一起严重的交通事故，你的主人卢光就是事故的受害者。"孛桑妮娅感到很突然，并激动地问："那肇事者是谁？""直接肇事者是小车司机，他的汽车冲进了游行的人群，撞伤9人，其中一人生命垂危。"石林沉默片刻，接着说："在来此前，一直认为你是个称职的机器人，可至今才知道，这种看法并不正确。"孛桑妮娅感到意外，但仍争辩说："我是正统的机器人，是按照机器人三大纪律制造的超级机器人。事故与我无关。”通过观察了解，石林认为弄清了事故原因，此时有必要向孛桑妮摊牌了。石林说：“人们情不自禁涌向街头，欢庆体育健儿取得的伟大胜利，这是中华民族的传统习惯。而你却把它看成西方社会那种对政府的示威游行抗议。因而你没有封闭所有道路口而留下一条通往公安局的大道。一辆小车就是沿着这条道冲进游行人群造成严重交通事故，这就是你的软件设计错误之处。根据这个情况你已经不适合在这个岗位上了。”孛桑妮娅听后开始认输了，高傲的神情也不见了。可她不相信有人能接替她，她问：“那派谁来接替我呢？”石林平静地回答：“我来接替！我也是一个机器人，是中华电子公司制造的机器人。”石林抬起左手，露出了手腕上印着的天安门华表的图案。“你看，这不是吗！”

“啊！”孛桑妮娅目瞪口呆，一句话也说不出来。

《太空疑案》，新蕾出版社，1997年6月，严红改编

总裁和他的独生儿子

焦国力

年过花甲的百万富翁布劳利先生是石油勘探公司的总裁。他依仗巧取豪夺的本领、杀人越货的手腕发财，他的财产遍布世界。他的独生儿子德盖特由于从小娇生惯养，养成了游手好闲、吃喝嫖赌的恶习。布劳利一气之下把他赶出了家门。

今天，布劳利收到了儿子的来信，说他找到了工作，叫“OT”电子公司，叫父亲不必再为他操心。布劳利看着信想着儿子，有点后悔，但又一想，他的出走倒变成了一件好事，布劳利暗暗庆幸。他吩咐秘书查找资料，从电脑里得知这家电子公司是几天前才出现

的，而且仅此一家。

就在布劳利迷惑不解的时候，门开了，进来个年轻人，很有礼貌地说："总裁先生，您好。"

"你是什么人，为何闯进我的办公室？"布劳利生气地问。

"我是机器人斯文德，是'OT'电子公司的职员。"

布劳利听到"OT"公司，马上想到了儿子，就问："你找我有什么事？"

"我特来告诉您一件事。"机器人掏出了一份报纸给总裁，"您一定很关心那条撞毁集散公路转换路标的新闻吧!"报纸上一行粗黑的标题：集散公路转换路标被撞毁，造成两车相撞，肇事者溜之大吉。同时警方判断撞坏路标的是一辆黑色"非洲人"牌小轿车。由于没了路标，一辆在高速公路上行驶的汽车风驰电掣般地驰进集散公路，与马尔洛斯议员的车相撞，使马尔洛斯议员住进了医院。

布劳利看到这里，害怕极了。前天就是他驾着黑色小轿车在高速公路上飞速行驶赶回家，在驶进集散公路的一刹那，撞坏了转换路标。本来事情不大，打个电话给交通部门，赔点损失，很快新的路标就可立起来。可他没有这样做，认为是丢面子的事，就一走了之。他很清楚，只要报纸上一登出"撞毁路标的就是大名鼎鼎的布劳利总裁"，那么他的名誉、地位，他的公司就会像遇到地震一样……

机器人打断他的沉思，挑衅地说："前天晚上的事，我还愿意帮您回忆。"这时机器人拉了一下自己的纽扣，胸前出现了一个小小的屏幕，屏幕上再现了那个风雨之夜布劳利驾车撞坏路标的一切情景。

机器人接着说："别害怕，我并不是来告发您的，只是我的主人叫我来帮助您处理好这件事情。"

“你说怎么解决？”

“好办，您付出50万元，这事就了结了。”

布劳利迅速从抽屉里拿出激光手枪对准了机器人。“你想敲诈我，没有那么容易。”

机器人不慌不忙地说：“你开枪，我不怕，只要我一倒地，保险公司马上就到，我是保了险的。”

布劳利不得不放下手枪，乖乖地把50万元的银行支票给了机器人。

机器人刚走，秘书走进来，报告“OT”电子公司是一个诈骗公司，他们利用远红外线电子摄像设备，专门拍摄那些可以为他们所利用的镜头去敲诈对方。公司只有几个人，但总经理是谁不清楚。秘书还带来一封机器人临走时留下的信交给了总裁。布劳利打开信："尊敬的先生，谢谢您为我们公司提供了一笔数目可观的现钞。特表谢意。希望我们长久合作下去。"落款是"OT"电子公司总经理德盖特。

布劳利如五雷轰顶，颓然倒在旋转椅上，他喃喃地说："这个世界我原本就应该只相信自己。"

《太空疑案》，新蕾出版社，1997年6月，严红改编

密波谍影

焦国力

帕罗斯·理查德是V国隐形飞机的优秀驾驶员，是专门执行侦察任务的。

一天，谢尔顿上校交给理查德一个重要任务。原来正在进行飞行训练的V国空军，发生了飞行事故：先是3号飞机与地面失去联系，马上派1号机去寻找，发现3号机在13号空域坠入大海；不一会儿，1号机也失去联系，同样坠入大海。据军事专家分析，这两架飞机是被一种神秘武器击落的，事故发生时，有一艘A国的科学考察船停在附近海面上。上校要求理查德全方位拍摄该艘科学考察船。

理查德驾着隐形侦察机直冲天空，不久来到A国科学考察船的上空，开始拍照。

考察船的外形十分奇特，船上装有两个像蒙古包的半球形物体。理查德将摄下的"蒙古包"相片交给了上校。

“蒙古包”里究竟有什么东西？上校陷入了沉思。记得为了防止泄密，美国曾制造过一只椭圆形的巨盖，将保密仪器覆盖，难道这次A国要在海底搞什么名堂？上校下决心，对此一定要弄个明白。

夜晚，A国科学考察船上的仪器开始工作了。大副觉得奇怪，便问船长，为什么V国没有采取任何行动？

船长说："不清楚。我想，在这漆黑的夜晚里，V国飞行员拍摄不到我们的秘密的。"

理查德又一次驾驶隐形侦察机，用高分辨率远红外线摄像机，摄下了A国科学考察船的一切动态。原来这艘船不是科学考察船，而是装备了高科技武器的军舰，在试验一种"射频武器"。它是利用射电波的电磁辐射流来攻击敌方电子计算机系统和电子设备的武器。这种军舰用射频武器代替了过去的枪炮、导弹、鱼雷…… V国的这两次飞行事故，就是受到这种武器的袭击。

"我们要报仇!要消灭那艘可恶的军舰。"上校命令理查德立即起飞。

理查德带着几枚高爆炸弹飞向天空。不久，他看到了目标，俯冲下去，投下两枚炸弹，可没有击中目标。他再次俯冲下去，瞄准了中旗杆，这回投中了。几乎就在同时，他的飞机也被射频武器击中了。他只得跳伞逃生。

A国的军舰被拦腰炸断，但没有沉入海底。因为他们采用了一种新型材料，当舰体被炸开的同时，炸开部位会自动迅速弥合，虽然军舰失去动力，但仍能漂浮在海上等待救援。A国的营救人员很快把军舰人员救出。

理查德当了A国的俘虏。

半年以后，V国以抓获A国的一名间谍作为交换人质，换回了帕罗斯·理查德。

A国的射频武器与V国的隐身飞机的较量仅仅是开始，这种高科技的较量引起了许多军事专家的担心，在这种较量中毁灭的将是人类自身。

《太空疑案》，新蕾出版社，1997年6月，严红改编

绿林城堡的女主人

焦国力

205×年10月19日，在留分蓝半岛发生了强烈地震，同时海面上出现强大海啸。

联合国教科文组织指派出5名科学家组成的小组进行科学考察，组长由我国的地震专家马汉里博士担任，我也是其中的一员。经过连续几天的紧张工作，进展不大，小组正决定撤回时，收到一封信。写信的人自称是此次地震和海啸的事故责任者，名叫康娅琼，是外籍华人，愿将事情真相告诉我们。但她目前处境险恶，要我们迅速前往绿林城堡82号找她。马博士决定与我前去。

进入绿林城堡，发现康娅琼口吐鲜血已经死去。正在此时警察也来了。哈尔森警官说："你们的到来加速了康娅琼的死亡。"并按康女士嘱咐一旦她遇到不测就将日记本交给我们，相信它会告诉我们整个事情的真相。哈尔森还提醒说，我们现时处境也非常危险，必须马上离开。在使馆的精心安排下，我们很快就回国了。回国后，我们仔细阅读了康女士的日记。康女士记录了一个让人难以置信的故事。为了尽快把故事公之于世，我把日记稍加整理后，寄至航空二城的《天天日报》。报社很快将故事摘要发表。

故事介绍了一位太空营救船设计专家贝西宁。他是位华人，毕业于戈芝梅尔工学院，多次获得奖学金，受其父影响，早想回来报效祖国。他设计的YF—T空中营救船已经顺利制成了。营救船能对飞机在空中突发的事故进行紧急维修。这被认为是21世纪伟大的创造。在整个设计制造中，贝西宁得到了同学、女友康娅琼的全力支持与合作，设计工作就是在绿林别墅中进行的。可就在要试飞时，营救船的实验基地遭人破坏，动力系统被烧毁。但幸好应急动力系统未遭破坏。为防止被进一步破坏，他俩立即将图纸及资料进行了绝密的处理。

康娅琼有个好友就是哈尔森警官。他俩是这样认识的：康娅琼在参加完学校舞会回家的路上遭到酒徒侮辱。哈尔森挺身而出，解救了康娅琼，所以康很感激他。哈尔森也因此对康产生了爱慕之情。哈尔森关心他们的研制工作。在得知有黑手伸向试制项目时，尽管他不明黑手来自何方，但还是及时告诉了他们。

康雷恩是康娅琼的父亲，是菲亚特环球公司的董事长。他对贝西宁研制的营救船很感兴趣，看到此项研制可获得巨额利润，于是和贝西宁签订了君子协定，由环球公司提供设备和制作的一切费用。同时答应只要“YF—T”制造成功，马上为女儿和贝西宁举行婚礼。

实验基地遭到破坏的消息使康雷恩同样感到震惊。想到他出钱，提供设备，这一切都是为占有“YF—T”，创造利润。现遭到出其不意打击，他甚感懊悔。此时，门外来了B国使馆秘书巴什维拉。康知道B国使馆是个狼窝，巴什维拉是个声名狼藉的恶狼。巴什维拉告诉康雷恩，康娅琼和她的伙伴准备逃回中国，要不是他，恐怕他们早已飞走了。现在只要将“YF—T”的图纸与资料交给B国，B国将出一笔可观的价钱。康雷恩想成为一个超级富翁，同意接受这桩买卖。

为弄清基地被破坏的原因，贝西宁开车去找康娅琼。在路上，他接到一个匿名电话，说破坏基地的人是哈尔森。贝西宁告诉康娅琼，康不信，引起争论。贝西宁建议立即去修复“YF—T”。此时，他又接到哈尔森电话：“有人要对你们下毒手，要赶快离开这个国家。”贝西宁和康娅琼感到情况紧急，立即驾车疾驶起降场。

汽车在起降场“YF—T”前停了下来，贝西宁冲进“YF—T”动力舱，康娅琼直奔指挥舱。这时，康雷恩带人赶到，跟着哈尔森也到了，一个大汉企图阻挡被哈尔森制止了。康娅琼按动微型控制器电钮，“YF—T”疾驶飞起升空。康雷恩企图抢回控制器，但为时已晚。但几乎就在此时，高空中小黑点冒出了火光，并发生了强烈的爆炸，因为“YF—T”使用的是核燃料，其爆炸后的威力使地动山摇。

爆炸发生的时间正是205×年10月19日。

康娅琼的日记发表不久，我又收到了一封从芝加哥的来信，竟又是康娅琼写来的。原来，她没死，还活着。信中的意思是这样的：警长哈尔森原来是条恶狼，是他将起爆装置放入动力舱内的。他和巴什维拉是一伙的，过去被他骗了。爆炸发生后，父亲逼着要图纸，她没给，于是把她软禁起来。在得知考察组的到来后，她服药装死，在医院的朋友帮助下，用偷梁换柱的方法脱逃了。现她已将资料与图纸藏在一个无人知晓的地方。但她深信总有一天，这一发明会成为全人类的财富。

《太空疑案》，新蕾出版社，1997年6月，严红改编

“宇宙矛”的秘密

焦国力

B国陆军司令部的作战室里，播放着战斗录像。坐在屏幕前的将军正得意地夸耀着B国新型坦克——“战神盾”的威力。突然，屏幕上出现一道闪电般的红光，一枚导弹击中了“战神盾”，紧接着坦克一辆辆地瘫了……

将军惊呆了：“这是什么导弹？”

上校参谋向他报告：“是H国新研制的反坦克导弹，叫‘宇宙矛’。关于它的情况，还没摸清。”

“立即派人弄清楚，给我弄一枚回来！”将军命令着。

“是！”上校毕恭毕敬地回答。

在H国特卡也夫城的一间酒吧里，女歌星——代号“蓝鸽”的B国间谍唱完歌，向帕特·斯维——H国导弹仓库主任走去，向他进攻了……

一连几天的夜晚，帕特都在这间酒吧中度过。一天，他把“蓝鸽”带回了别墅。

“蓝鸽”搞清了导弹仓库安装了指纹锁，只有仓库主任的手指才能打开库门。于是，她窃取到帕特的指纹，做成假手指。

一天夜里，“蓝鸽”灌醉了帕特，悄悄来到导弹仓库，发现门上有一个方形小孔。她朝小孔里望去，什么也看不见，她用假手指

按下了指纹锁。突然，几束探照灯直射过来，警报器也响了起来，“蓝鸽”束手就擒。

不久，报纸披露：B国对付指纹锁的老牌间谍“蓝鸽”在H国导弹仓库行窃，败在眼纹锁的面前。

眼纹锁是一种新型的生物门锁。所谓眼纹，是指人的眼球底部视网膜血管排列的形状；它根据低强度红外线摄像机扫描得到的感应波与原贮存的不一样，即使指纹对上号，也会响起警报。

一天，H国要进行一次飞机发射“宇宙矛”导弹试验。

一辆专用卡车开进了导弹仓库，开车的是中尉军官，他拿出红色请领卡，新上任的仓库主任仔细核对后，发放了一枚导弹。

汽车开出不久，又来了两辆汽车，他们同样拿出红色卡。仓库主任警惕起来。

“基地司令只签发了两张，都在这里。”小胡子中尉递上红卡说。

仓库主任意识到了什么，急忙抓起电话：“命令哨兵，截住那辆装‘宇宙矛’导弹的汽车。”

听筒里传来：“报告，汽车已经开过了哨卡。”

“一定要追上他！”

第二天的报纸上同时刊登两条消息。一条是：B国间谍“蓝鸽”被判15年徒刑。另一条是：H国空军中尉驾驶一辆装运新型导弹的汽车，叛逃到B国。

《“宇宙矛”的秘密》，新蕾出版社，1997年7月，邵俊平改编

太空葬礼

焦国力

宇航员达罗华光的爷爷是著名天体物理学家。就在他通过一块陨石的研究，对外星生命有了重大发现的时候，得了一种怪病去世了，尸体被寄放在太空。公元2066年，达罗华光按指示运回了这具棺椁。奇怪的是，当棺椁运回地球打开时，发现里面不是这位著名科学家的尸体，而是一具不明生物的遗体。此事引起了科学家们的注意。美国空军档案馆馆长詹姆斯上校也专程赶来。他是在一次飞行中见到飞碟，才开始对飞碟、对外星人感兴趣的。他见到过外星人。

半个月后，检验结果说明它确实是一具外星人的遗体。

在环球饭店内的一个客厅里，达罗华光、碧姬小丝——美国某公司驻北京办事处总代表、詹姆斯正在讨论与讲述着各自遇见飞碟时的情况。詹姆斯说："那天我开着车去郊外，在山谷里突然遇上了飞碟。当我进入飞碟时，看到它就像一座富丽堂皇的宫殿。里面的人，个个身材高大壮实，身穿时刻在变化颜色的太空服，我只觉得飞碟是专门冲着我来的。我猜想飞碟一定是为那具尸体而来的。"詹姆斯拿出一张从飞碟上得到的、画着歪歪扭扭线条和几何图形的图说："我认为这可能是要你们把运回的遗体送回去。我们无法用语言交流……当我返回地球时，已昏迷在山谷中。"

碧姬小丝听到这里抢着说："真巧，我也就在那天开车去郊外，几乎在那儿的人都见到飞碟从山谷中飞走。不久，我在山谷中找到了昏迷的詹姆斯先生，把他接回到环球饭店……"

达罗华光紧接着碧姬小丝说："……我认为碧姬小丝解释飞碟人要将外星人遗体接回去的理由，是因为地球上遭到了严重污染，这是对的……"

他们形成一个共同想法：飞碟把詹姆斯接去，交给了那张图，达罗华光又在郊外路上遇到碧姬小丝，碧姬小丝在郊外救起了詹姆斯。难道这是外星人的有意安排吗？

尽管遗体放在一个低温、真空、雷同太空环境的特制箱体里，可它还是变成了粉末，看来研究已无法继续，只有送回太空。

隔天一清早，詹姆斯突然失踪，留下一张字条："尽快送回遗体，不必再找我，有事我会与你联系。"

三天后，达罗华光驾着载有太空遗体的航天飞机直飞太空，飞机很快地进入了预定轨道。

不久，在荧光屏上显示出几个黑点，从通信系统中突然传来了詹姆斯的声音："我是詹姆斯，在你后面的飞碟中，飞碟人接回遗体，请你配合。"

罗达华光赶紧问："遗体是外星人吗？"回答说："不！它是外星球上一种动物的遗体，为了进行科学研究而放在太空中，凑巧的是被你们无意地接去地球了，现在你们见到的三个飞碟是外星人考察地球的科学考察船……"

从飞碟里伸出一只网状的机械手臂，接住了装遗体的箱子，随即迅速收回到飞碟里。飞碟飞快地远去……

《太空葬礼》，福建儿童出版社，1997年2月，李鑫改编

无名石传奇

焦国力

尹冠深、田闻山和傅秋涛是某地质学院的高材生。为了找矿，他们踏遍荒山野岭，历经艰难，终于找到了一个足够开采几个世纪的贵金属矿。探矿中，还找到一块奇特的石头。在黑暗中，它会不断发光，还会变色，时而蓝光，时而红光。据传，它可能来自宇宙。临近解放，军统特务把尹冠深、田闻山胁迫去台湾，傅秋涛因病留在大陆。田闻山在临行时将女儿田佳妮托给傅秋涛照顾，并将他们在找到奇石处的合影相片一撕为二，一半给了傅秋涛，以便日后父女见面作证物。

几年后，尹冠深逃离台湾，辗转周折来到日本横滨。他得知田闻山在香港，无名奇石也还在他处，非常高兴，准备立即赶去香港，带着无名石一起回祖国。可就在这时，他又接到田闻山的信，说他已被黑社会蓝魂集团盯住，处境险恶，不日来横滨。尹冠深久等不来，只得亲自去香港，得知田闻山已惨死街头，无名石被抢。尹冠深痛恨交加，誓死要夺回奇石。

蓝魂集团因无法解开无名石秘密，于是在香港一家玉器商店用拍卖方法来引出尹冠深。

尹冠深去商店以高价买到奇石，回到旅馆突遭特务抢夺，经奋力反抗，虽将特务杀死，自己也身受重伤。在逃跑路上，他得到梁剑相救。梁剑将田闻山临终前给的半张相片交给尹冠深，说是老师给的，尹根据当时情况认为不宜久留，于是离开梁家。正巧，田佳妮驾车路过，尹冠深上车直奔码头，逃离香港来到横滨。

梁剑和田佳妮一直在关心着奇石。梁剑是田闻山的学生，所以知道奇石的一些情况，晚报报道奇石凶案的文章也是他写的。田佳妮是晚报的主编，自然也很关心这一案件。梁剑得知田佳妮去了横滨，立即赶往。正当特务准备将田佳妮连车带人推下山时，梁剑突然出现，救出了田佳妮。

蓝魂集团派出玉器商店老板康纳尔去横滨追杀尹冠深。在横滨的一条繁华街道上，佳妮终于遇上了尹冠深。为了躲避危险，尹冠深约佳妮在加利亚轮船相见。不料，在佳妮登上轮船的瞬间，康纳尔出现了。正当康纳尔想下毒手时，被赶来的梁剑和尹冠深击倒。

尹冠深、梁剑和田佳妮带着无名石，终于踏上了归国的路程。

《太空葬礼》，福建少年儿童出版社，1997年2月，李鑫改编

隐身行动

焦国力

D国情报局长布鲁特告诉哈斯特里次，最近U国已研制成新型隐身战斗机，要他迅速制订行动计划，尽快提供隐身机详细资料。

海塞·丽丝又名孙丽娟，作为科技日报的记者，这次去U国采访国际航空展览会。她的伯父查理·孙是U国航空动力学博士，也是隐身飞机的主要设计师。海塞·丽丝的出现自然引起D国情报局的注意。她在迈阿密国际机场作转机的短暂停留时，被一个以郁金香为标志的D国国际间谍组织绑架了。

与海塞·丽丝相貌相似的D国间谍，代号H3，按郁金香间谍组织头子指示，冒名顶替来到查理·孙家，并通过查理·孙结识了隐身飞机试飞员麦克·马修奇。麦克陷入“海塞·丽丝”的美人计，有人偷拍了他们寻欢作乐的照片。D国间谍以此要挟麦克，令他在试飞时，将隐身机降落在公海的航空母舰上。麦克被迫就范。

几天后，“海塞·丽丝”又接到上司指示，要她去夜总会歌舞

厅表演。海塞·丽丝的出现，引起U国情报局的注意。U国情报局反间谍专家胖子罗罗在歌舞厅当场识破她的面目，并将她带回情报局追查，就在郊外公路边，假海塞被人枪杀，但胖子罗罗却未能发现凶手。

查理·孙发现“海塞·丽丝”系冒名顶替，不是自己的侄女。就在这时，他接到了亲侄女海塞·丽丝的电话，知道她已从绑架处逃出，随即会来找他。查理·孙将此事报告U国情报局。D国情报机关眼看即将露出真相，于是派人暗杀查理·孙。查理·孙肩部中弹，到医院治疗。另外向U国情报局诬告胖子罗罗为D国间谍，要把罗罗抓起来，胖子罗罗识破阴谋，急中生智脱逃。

试飞基地上，隐身机随着起飞命令，直飞天空。就在此时，胖子罗罗遁入指挥办公室，报告麦克·马修奇已被人暗杀，有人冒名顶替正驾机向境外逃跑。基地司令顿时惊慌失措。就在此时，又出现了孙丽娟。原来，孙丽娟是被U国总统邀请来协助破案的。孙丽娟告诉大家，隐身机不可能飞越国境，因为飞机上已经设计了定距离返航装置。当D国冒牌飞行员发现飞机返航，慌乱中错按按钮，飞机垂直下落，机毁人亡。

事后，经查案件的总头目竟是潜伏在U国情报局内部身居要职的罗斯希格处长——代号“圣婴”。

《太空葬礼》，福建少年儿童出版社，1997年2月，李鑫改编

失踪的机器人

金 涛

机器人制造公司最近推出的智能机器人“大脑袋”失踪了。刑警队长李力刚听完了报案者的介绍后，才明白事情的起因。

“大脑袋”的外形像个小男孩儿。它不仅有真人一样的外观，还有真人一样的感情。在运往火车站时，粗心大意的装卸工人把包装“大脑袋”的箱子摔碎了。那几个装卸工一面手忙脚乱地收拾散在地上的包装箱，一面把倒在地上的机器人抬起来。岂料忙乱之中，他们的手触摸到机器人的启动开关——那是机器人头部一个敏感的按钮。说时迟，那时快，那台处于关机状态的机器人，“腾”地从地上跳起来，用力推倒了身边的装卸工，一溜烟似的跑了。

在边境小镇通海的城南公园大门口，“大脑袋”遇到了核物理工程师刘仲林的女儿莉莉。它拉着莉莉的手进了公园。在套藤圈摊前，“大脑袋”大显身手，用藤圈套中了玩具大熊猫的脑壳，使莉莉得到了这个最喜爱的玩具。

突然，“大脑袋”发现莉莉低着头，眼眶里含着泪。原来，她想起了正在省城医院抢救的父亲刘仲林。

刘仲林在调查城西积水坑一带的环境质量时，发现水塘中有大量的核废料。为了查清核污染的来源，他暗中察访，偶然从一个捡破烂的老头口中，得知不久前，有一辆天马饮料厂的集装箱卡车向水塘卸了一批“垃圾”——实际上是从境外运进的核废料。

国外的一家核电站为了倾倒核废料，不惜重金，收买了经常出入境的天马饮料厂的卡车司机，以运送天马饮料原汁作掩护，将核废料藏在集装箱内，偷偷扔进水塘，待住宅小区施工后即可埋入地下。当他们获悉走漏了风声，便事先侦察好刘仲林每天的活动规律，蓄谋制造一起车祸，企图杀人灭口。

受了重伤的刘仲林被送进了省医院。“大脑袋”带着莉莉来到了刘仲林的病榻前。这时，刘仲林恢复了知觉，他吐出几句断断续续的语句：“快，城西积水坑……核废料……放射性……一卡车……集装箱……天马牌……饮料……”说罢，又昏了过去。

李力刚得知核物理工程师重伤后透露的这一线索，又从边防站了解到天马饮料厂的一辆大卡车半小时前刚入境。他率领刑警乘坐3辆警车飞快地赶到了积水坑，这时卡车司机正在与“大脑袋”大打出手。这个智能机器人是从省医院赶来了解情况的。卡车司机束手被擒了。

李力刚凌厉的目光从“大脑袋”脸上扫过。他的眉头皱了起来，仿佛是在思索这里怎么会出现一个小孩儿。“大脑袋”一步一步朝后退，一下子溜进敞开着车门的警车。那警车像脱缰的野马朝着茫茫原野奔驰而去。正是在这一刻，李力刚才茅塞顿开，这个男孩儿就是失踪的机器人，真是“踏破铁鞋无觅处，得来全不费功夫”，可惜偏偏面对面，机器人又从眼皮底下溜走了。

《失踪的机器人》，少年儿童出版社，1997年11月，肖明改编

雾海孤舟

金　涛

话说机器人“大脑袋”在边境小镇通海边的积水坑，协助警察把倾倒核废料的坏蛋擒拿归案后，把刑警队长李力刚的警车开走了。公路上的雾越来越浓，这场浓雾使“大脑袋”放心了，他不再担心警察们会来找他的麻烦，把他抓起来了。

突然，“大脑袋”发现在警车前面不到20米处，坐着一个头发花白的老婆婆，她的身旁还有个男孩儿。“大脑袋”跳下警车，打量着这一老一小。

“我和奶奶一起去看我爸爸，没想到奶奶半路上犯了病。”这个叫柱子的男孩儿说，“爸爸不知出了什么事，上个星期让两个警察带走了……”“大脑袋”注意到，老婆婆的手里挽着一个竹篮，

里面装着干粮、水果和一些衣服。他猜想，这大概是要给柱子爸爸送去的吧。

“大脑袋”和柱子一起把老婆婆送进医院后，便驱车来到海边一个警卫森严的地方，前去探望柱子的爸爸。

柱子的爸爸石坚教授是海洋考察船蓝鲸号的船长。5年前，他发明了CT–7号海底探测器”。因为CT–7号属于国家绝密级的科学技术，保护这项发明的秘密使命自然就落在李力刚的肩上。他万万没有想到，航海经验丰富的石坚这次出航竟然会把蓝鲸号往礁石上撞。石坚虽然平安脱险，蓝鲸号连同船上的CT–7号却沉入2000多米深的海底，根本无法打捞。

那是石坚从家里被两名警察带走的前一天，李力刚在办公室接待了刚脱险回来的石坚。石坚开始讲述他的海上遭遇：蓝鲸号欢快地在蔚蓝的波浪中遨游。舱室不大，紧凑敞亮，外形酷似组合式电视机的CT–7号，18个荧光屏映出海底地层不同深度的地质图像。石坚对自己的发明成果十分自豪，因为这台精密仪器解决了多年来海底探矿的难题。如今，海洋地质学家摆脱了海底取样的繁重操作，像医生有了CT机就可以检查患者的病情一样简便、迅速而准确。CT–7号如同穿透力极强的眼睛，可以透过深深的海水和厚厚的海底淤泥，对海底山脉、峡谷以及几千米以下的地层连续进行扫描。不仅如此，它还可以自动拍摄、自动绘图。此刻，石坚的面前展示出一幅幅图像清晰的油层分布区，这是他此次航行的收获——在这一带2000米深的海水下面，竟是一个大得惊人的油库，丰富的石油储量肯定会使所有的石油公司垂涎三尺。

蓦然，蓝鲸号急剧地晃动起来，所有的信号灯都亮出了红色的警告信号，紧急备用的卫星通信电话“铃——铃”地叫了起来。他抓起话筒，传来的是一阵令人发怵的狂笑。对方是当年石坚在东京早稻田大学的同学章海宇。他如今成了一家跨国海底资源公司的首席科学家，在电子干扰领域颇有建树。章海宇告诉石坚，他们的捕鲸者号潜艇已经跟踪蓝鲸号好几天了，要他马上把调查的海底地质图电传一份到捕鲸者号。石坚意识到：章海宇急于攫取他的考察成果，拿不到手此人是不会罢休的，于是他借口电传机出了毛病，要捕鲸者号浮上来，让章自己来取图。

石坚扔下话筒，开启了“CT-7”号的引爆装置。他迅速调整好自动导航仪，将方位对准被浓雾罩住的一座暗礁。他回眸望去捕鲸者号正从波涛中浮出，气势汹汹地向蓝鲸号扑来。石坚把大拇指放在能毁掉考察船的红色按钮上，用力一按，蓝鲸号发狂似的向前方的暗礁冲去。他飞快地钻进自动弹射的救生筏……蓝鲸号在爆炸声中葬入海底深渊，可是那只装有海底地质图的手提保险箱，却仍留在考察船上。

听完石坚的叙述，李力刚半晌没有吱声。他此刻最担心的，除了那只不知去向的手提保险箱之外，第一位的还是石坚的安全。刑警队长当即决定：把石坚“拘留”起来，以制造假象。

这时，“大脑袋”和柱子已走进了隐蔽的别墅。楼上的客厅里传来了说话声。“大脑袋”凭着灵敏的音波频率接收器，立即分辨出这是刑警队长在与石坚说话。从他们的对话中，“大脑袋”得知蓝鲸号并没有沉没，只是受了重创，当务之急是必须尽快打捞那只手提保险箱。据石坚估计，手提保险箱沉没的地点不会超出那礁石方圆1000米的范围……

几天后的清晨，石坚父子俩坐着小卧车来到医院。李力刚迎了上来：“老人家正在病房等你们……”他们走进病房，柱子扑到奶奶的怀里，石坚也为母亲恢复健康而高兴万分。

房门被推开了，一位白衣护士笑吟吟地进来，手里举着一束花，另一只手拎着一只沉甸甸的金属箱子。“是个小男孩儿送来的。”护士说。

“我的保险箱！”石坚惊喜地接过这只装有珍贵的海底地质图的箱子。它是“大脑袋”潜入海底找到的。“他在哪儿？”李力刚和柱子几乎同时问道。“早走了。”护士摇了摇头。李力刚飞快地夺门而出，可是机器人早已不知去向。

《失踪的机器人》，少年儿童出版社，1997年11月，肖明改编

解铃还须系铃人

金　涛

“大脑袋”漫无目的地随着熙熙攘攘的行人，挤进了一家刚开张的电器商店。

高高的柜台上，摆着一个长方形的玻璃钢罩子，如同一间密封的囚室，里面放着一个金发碧眼、和真人一样大小的洋娃娃。柜台后面的售货员手里拿着遥控器，一边按着按钮，一边大声向围观的顾客推销商品。那个又高又瘦的售货员只顾宣传他的商品，可把洋娃娃机器人折腾得够呛。

“大脑袋”十分同情那个可怜兮兮的机器人。“我能帮你什么忙吗？”“大脑袋”凑上前，隔着玻璃做的樊篱，指着从售货员手里拿过来的遥控器，问那个洋娃娃。洋娃娃机器人告诉“大脑袋”，她是来自法国的最新一代智能机器人，名叫欧仁·桑，她哀求“大脑袋”赶快把她救出来。

这时，售货员劈手夺过“大脑袋”手里的遥控器，“喂，你要想买的话，赶快拿出3000元钱。”对，如果能在最短的时间里赚3000元钱，就能救出洋娃娃。可是，到哪里赚这一大笔钱呢？“大脑袋”绞尽脑汁，调动了所有的程序也没有找到一个可行的方案。

在街心公园，“大脑袋”得知：在一座灰色高楼里，华阳计算

机服务公司一位脑门光秃秃的经理，正在招聘电脑程序输入的工作人员，对方给的工资相当可观，可是要求应聘者昼夜加班工作，一加就是十天半个月。急于赚钱救洋娃娃的“大脑袋”二话没说就在聘书上签了字。他向公司预支了3000元钱，心急火燎地赶到那家刚开张的电器商店，把欧仁·桑带走了。

“大脑袋”和洋娃娃机器人随秃脑袋经理来到了位于隐蔽山谷的中心监狱。秃脑袋经理把他们带到一间洁净宽敞的房间，只见房屋尽头摆着一排崭新的计算机。头发花白的典狱长林长庚向他们说明了意图：“这些电脑性能都不错，可是我管的5000多名犯人的档案材料一个也没有。现在要实现电脑管理，下个月总局要来检查，在这之前必须把所有犯人的档案一字不漏地输入进去。”

自从“大脑袋”和洋娃娃机器人欧仁·桑来到中心监狱，对犯人的档案进行数据处理，然后输入电脑，不知不觉已快1年了。有一天早晨8点30分，刚上班不久，中心监狱电脑中心的显示屏上就出现了总局下达的一份通知：命令典狱长将关押的3名犯人0078号、0095号和0097号提前释放，不得有误。1小时后，这3名被判了无期徒刑的囚犯恢复了自由。

中心监狱电脑中心的工作人员突然发现，电脑染上了计算机病毒，里面储存的信息已被一只无形的手全部抹掉，所有在押犯人的档案材料都化为乌有了。显然，把那3个犯人提前释放，也是病毒捣的鬼。

怎么办？当初监狱的犯人档案材料是机器人“大脑袋”和洋娃娃输入的，也许他们的电脑里也输入了这些信息，所以如果能找到他们，那就有希望了。除了少量值班人员，中心监狱的工作人员倾巢而出，四处寻找“大脑袋”和洋娃娃。典狱长的心里十分清楚，他已把全部赌注押在这一招上了。

功夫不负有心人。中心监狱的工作人员经过一番周折，终于在桥头镇河边找到了正在观鱼的“大脑袋”和洋娃娃。“大脑袋”一见到典狱长就提出了责问：“你怎么把3个判了无期徒刑的犯人放了出来，你不认为这是失职吗？”林长庚一听，眼睛都瞪直了。原来，“大脑袋”和洋娃娃遇见和认出了这3个逃犯，他们出狱后劫了珠宝店，又劫了小汽车，已被捉拿归案了。

房间里只剩下典狱长和两个机器人。林长庚突然想起一件事，问道：“你们怎么会认出那3个人是囚犯？”“大脑袋”笑了起来，“你别忘了，我们接触过全部犯人的档案，不光是文字材料，还有他们的照片、指纹和身体特征。只要经过我们的眼睛，没有一个人不被我牢牢记住。”“大脑袋”虽然是机器人，但是他也具有人的弱点，他对自己的功能颇为自豪，甚至有点得意。

洋娃娃机器人也不甘示弱，“这算不了什么，我们一发现他们，就认出他们是0078号、0095号、0097号，而且我们估计，他们肯定是逃出来的坏蛋。我知道，他们都是被判了无期徒刑的。”

林长庚不愧为老谋深算的警官，他翘起大拇指夸耀他们了不起，还说要向上级打报告为他们请功。经他这么一说，大脑袋和洋娃娃都高兴极了。这时，林长庚话锋一转：“不过，我还有个问题不太明白：中心监狱有5000多犯人，这么多档案你们怎么记得清呢？”两个机器人听了这话后十分生气，“你不相信我们电脑的记忆功能？”“大脑袋”气鼓鼓地说。“一定要表演给他看看。”洋娃娃执拗地说。

结果，两个争强好胜的小机器人为了露上一手，将他们电脑里储存的信息全都输入了计算机，5000犯人的档案一字不漏地复原了。典狱长的嘴角浮现出胜利的微笑。因为他知道，在智商方面，他毕竟比两个机器人高出一筹。

《失踪的机器人》，少年儿童出版社，1997年11月，肖明改编

冰海孤舟

金 涛

一个偶然的机会，中国颇有名气的水下考古学家叶航在复活节岛的一家咖啡馆里，发现了失踪10年之久的冰川号考察船的遗物：一块焊在船只钢板上的铜牌标记。

叶航打电话给在蛟龙潜水服务公司工作的表弟、海洋地质学家石坚教授，要他在最短的时间里做好一切准备，立即前往复活节岛打捞可能已触礁沉没的冰川号。放下电话后，石坚难以平静。1997年，他的妻子、冰川学家苏雪滨作为考察船首席科学家孙清泉教授的第一助手，登上冰川号考察船，开赴地球南端的南极洲。然而，在预定的归期，冰川号却像蒸发的水珠，突然消失了。10年过去了，人们一直没有发现冰川号的踪影。

石坚马上“招兵买马”，招聘潜水员准备前往复活节岛。为了摆脱刑警队长李力刚的追踪，机器人“大脑袋”和欧仁·桑投奔了石坚。可是冤家路窄，他们在海神号打捞船上，竟然意外地遇见了李力刚。原来，李力刚接到上级的指示，要他随打捞船前往复活节岛，保障这次打捞工作的安全，同时查明冰川号失事的原因。在共同的任务面前，李力刚和“大脑袋”握手言和了。

石坚和李力刚获悉：有两艘不明国籍的打捞船已停靠在复活节岛，想抢在他们之前行动。于是，他们决定兵分两路：李力刚带上两名机器人从斐济的首都苏瓦坐飞机去复活节岛，石坚他们乘海神号随后而来。

岂料天有不测风云，李力刚他们乘坐的飞机被卷入了气流，险些机毁人亡，幸亏“大脑袋”和欧仁·桑镇定自若，将飞机降落在一个无名小岛上。在岛上，他们意外地遇到了当年冰川号上的一位科学家汪海清，打听到冰川号失踪的一些内幕。

10年前，FDC公司是一家以开发房地产为主要经营目标的跨国集团公司。它在太平洋大大小小几百个岛屿上营建豪华度假村、花园别墅和旅馆、酒楼等，以此吸引各国富豪。可是，根据女冰川学家苏雪滨的研究，南极大陆的冰层在最近20年内将会发生大面积的融化，由此引起全球各大洋海水猛涨，太平洋星罗棋布的岛屿将会陆续沉入海洋，被浪涛吞没。这一消息公之于众后，FDC公司的信誉一落千丈。这家公司的董事长耿洪生孤注一掷，要地质学家汪海清和苏雪滨等一起随冰川号赴南极考察，选择合适时机将考察船炸沉；并告诉汪海清，事成后公司的人会前来接应……耿洪生已在冰川号上埋伏了两名杀手，他们见汪海清迟迟没有动静，便决定亲自出马把炸弹放在会议室里，将汪和其他人统统干掉。可是汪海清提前下手，解开救生艇的缆索，独自逃走了。狂风巨浪把他带到了一个与世隔绝的孤岛。

石坚、叶航和李力刚他们，在海神号的甲板上相会了。

“大脑袋”和欧仁·桑下海去寻找冰川号，突然，海底火山爆发了。他俩经不住热浪的猛烈冲击，身不由己地翻滚起来，如同坠入深不见底的隧洞，不久，他们便失去了知觉。两名机器人醒来时，已置身于冰川号上，他们和孙清泉、苏雪滨一起，奋不顾身地前去扑灭因会议室爆炸引起的大火。

即将驶向复活节岛的冰川号，转瞬之间又回到了地球最南端的冰雪海洋。这是怎么回事呢？“大脑袋”一语道破了天机：“我俩是从2007年来到这里的。巧得很，你们和我们一样，都是前后进入时光隧道的，而且汇合在一起。看来，复活节岛附近有个时光隧道，所以它永远是那么神秘。”

孙清泉和苏雪滨等也许将继续在南极进行尚未完成的考察，也许他们会耐心地等待冰山融化、冲出包围圈，因为南极的冰盖正以空前未有的速度消融，大地春回的日子总会来临的。只是我们的老朋友“大脑袋”和欧仁·桑，却从“现在”的地球上永远失踪了。

《失踪的机器人》，少年儿童出版社，1997年11月，肖明改编

一个老流浪汉的自述

昆　鹏

我从比斯星球大学毕业，对各星族的语言、文化很感兴趣，想凭着语言才能找个好职业，可是却到处碰壁。我一狠心，买了一张星际航班的单程票，离开了比斯星。

我到了离比斯星不远的一个星球上，那儿和比斯星一样，于是，我又搭星际航班去另一个星球。从一个星球到另一个星球，我成了一个星际流浪汉。一次，我乘坐卡诺星际航行公司的航班，不小心睡过了站，还没到下一个站，航班指令长就迫不及待地把我抛在蓝星上。

蓝星是一个未设站的小行星。蓝星人还没发展到与其他星球交流的程度。我被抛弃在一个黑暗的地方，真不知道该如何是好。我默默地坐在石头上，打量着所处的地方。这是个树木葱茏的山谷，宛若仙境，不时传来鸟儿的叫声，使我忘却了忧愁。正当我抚弄湖水时，一个美丽的女孩出现在我面前，对我说道：“喂，你是从天上来的吗？”我点点头。原来，刚才那动听的声音不是鸟叫，是她的声音。

她拿着我的外衣，问道：“你是神仙吗？”我听了莫名其妙。我想要回外衣，她要我答应不回天上去，才能取回外衣。我穿戴整齐后，坐在她身边，想了解这个星球。原来她是从我那件没有衣缝

的衣服上，猜出我是从天上来的。她说要去赶羊群，缓缓地走了，歌声在林子里渐渐飘远。

第二天，鸟儿把我唤醒。我笨手笨脚地编着花环，一直到她的身影出现。她把羊群也带来了，我把花环套在她脖子上。她“咯咯”地笑起来，笑声像歌声一样飘荡。我们就这样在湖边聊天，她给我讲她的村落，她的父母，她的小羊。一次，她讲了“七仙女”的故事，真想不到这样的传说在宇宙中也有流传。我是个宇宙的弃儿，没有人会接我回去。她却怕我会走，我告诉她我不走了，她带我回到她的村落，我们做了夫妻。村子里的人们友善地接待我，我一生中从没那么幸福过。后来，我们有了两个孩子，一儿一女，孩子们最喜欢听故事。

蓝星的一天很短，以我的寿命，能在蓝星生存45万天。但蓝星人寿命短，只有3万～4万天。一年又一年地过去了，我们相伴度过了14个年头。我越来越觉得，蓝星就是我要寻找的那个星球，这是一个干净、未被玷污的世界。

一天晚上，一架航空器从天而降，来者说要接我回文明社会，尽管我不愿意离开蓝星，却在妻儿的哭喊声中被人强行拖走。原来，另一家星际航行公司为在竞争中胜过抛弃我的那家星际航空公司派航空器接我回去做证人。我听凭他们用我的名义，上诉星际法庭，巡回各地演讲、宣传，终于大获全胜。同时，这家公司要我付清接我回来的费用和打官司的费用，这样，我背上巨额债务，不得不在星际航班上服务40年。终于，我还清了债，人也老了，我这个老流浪汉，还能干什么呢？来，我给你们唱支蓝星的歌吧。

《科幻世界》，1997年第6期，方人改编

乐园星座SOS

赖永毅

公元3000年来临前夕，由于地球环境再度恶化，人类已无法在这个不再是绿色的球体上生存。科学技术挽救了人类即将灭亡的命运，于是人类乘坐飞船相继在乐园星座、蓬莱星座以及天堂星座重新建立自己的家园。

就在飞向太空的过程中，原联合国人类研究中心的汉斯先生，因为违反规定，制造出具有人的思想却又是动物躯体的怪物，遭到科学界的严厉谴责。汉斯不听批评和劝说，自己驾驶飞船离开既定航线，在另一颗无名星座上落脚，用生物工程的无性生殖、试管生育及分子手术相结合制造出了成千上万的半人半兽的怪物。这里的

人只服从汉斯，而汉斯的一个信条是仇视另外星座上的人类，要在可能条件下消灭人类，夺取他们的成果为自己所用。为了实现计划，汉斯几次把自己冷冻起来，把元首位置传给了由他自己的基因和野兽基因相结合制造出的YG大王。YG大王按照汉斯的计划，组建包括有海、陆、空三军的YG总队，总司令是肉弹球，军师是狗头爵士。他们在决定不了先攻击哪个星球时，被乐园星座赶出来的耗不偷献策攻击乐园星座。

由于乐园星座的总统恰好进入休眠状态，加上星座中心城防卫系统发生故障，YG军事机构倾巢出动，在很短时间内就攻进了中心城。YG大王让军师狗头爵士设立马虎村、愚人村和龌龊村，让这些人变成有劳力而没思想的奴隶，听他们指挥去制造机器、砍伐森林、挖掘燃料，以达到破坏能源、破坏生态平衡，最后达到使乐园星座的人因环境恶化而灭亡的目的。

在乐园星座危急的时刻，有三个乐园星座的少年学生，出来为挽救乐园星座做出了努力。多克、高学者、胖力士是指导老师专门送到地球上的特别训练营来学习体育的，回去后准备参加环宇少儿奥运会。三个少年来到地球后，获得不少新知识。在一次意外获得的电脑显示器中，他们发觉了乐园中心城向他们发出的SOS求救讯号。

三个少年立刻搭乘飞船回到乐园星座，但遭到YG军的拦击。在经过紧张和巧妙的斗争后，他们来到了马虎村，见到百姓已经被YG军迫害得神志不清。他们制订了反击计划，并分头进行。在反击中，胖力士和高学者先后被YG军抓走，而多克在跟踪YG大王女管家叽叽乐小姐和引狼入室的奸细耗不偷时被发觉，在撤退时幸亏遇上了乐园星座武装力量的领导者金卫士，后来他们找到了古丁博士。古丁博士帮助他们修改计划，决定建立军营，组建强大武装，抗击YG军。三个少年按照计划，深夜潜进YG的远程洲际导弹基地，埋上定时炸弹，引爆了YG军最最重要的武器库。他们又用隐形飞机在上空用电脑打乱敌方通信线路，造成YG内部联系混乱。这时乐园星座王国国王已休眠结束，亲自上阵督战，胖力士生擒肉弹总司令，YG国王也成了阶下囚。

三个少年为保卫乐园星座建立了大功。

在全城召开庆功会的同时，总统宣布：王国环宇少儿奥运会正式开始！

《乐园星座SOS》，四川少年儿童出版社，1997年7月，卜方明改编

心情药丸

李　安

剧本又被退了回来，一心想当剧作家的莉莎心情糟透了。她漫无目的地走在街上，不知不觉走到一家商店前，抬头一看，店门上方挂着写有“心情药店”的招牌。

莉莎进入店中，店员热情招呼：“夫人，您要买什么？本店专售各种心情丸。快乐丸、定心丸、悲伤丸、解愁丸、耐心丸、信心丸等一应俱全，效果绝对良好。”莉莎觉得可以试一试，就买了定心丸、解愁丸和悲伤丸3种。儿子迈克怕考试，给他吃定心丸；丈夫史密斯是警察局长，整天为治安寝食难安，解愁丸正适合他；而她自己，用悲伤的心情写悲剧剧本，真是妙极了。

药丸的作用真是名副其实。几个月后，儿子的成绩上去了；丈夫也不老唉声叹气了；莉莎也写出了一个好剧本。一家人生活得快快乐乐。

有一天，丈夫回家后大发雷霆，莉莎忙细问原因。史密斯说：“那个小偷希尔顿居然抢起银行来了。真是狗胆包天！”莉莎问：

“希尔顿一贯胆小，怎么会一下子胆大妄为起来？”丈夫说：“还不是心情丸的‘功劳’！我抓到希尔顿后，这小子交代说，在作案前他吞了10颗定心丸和几颗信心丸，所以胆子顿时大了起来。”莉莎听后，哑口无言，差点晕倒。

《少年科学》，1997年第7期，庄秀福改编

“亚米”罢工了

李 昂

自从父母去月球工作后，机器人“亚米”是我的依靠。一天，他突然不动了，这可非同小可。我向终端电脑指挥所求援，来了一位工程师，对机器人进行了检查：线路完好，能量充足，但内控电路却关闭着。工程师说：“机器人罢工了，自动关闭了内控电路，过几天也许会复工。”

我很恼火，亚米是我离不开的大管家。没有亚米的命令，厨房机器人不做饭，清洁机器人不扫除，购物机器人不买东西。但它的主人不是个废物、笨蛋，他会干所有事情！我开动单人飞行器下楼，乘自动导航车购物，买回一大袋食物。回到家，动手料理家务，吸尘器、电烤炉、切菜机、洗碗器，虽然使用得不很顺手，但都达到了预期目的。

时间一天天过去，亚米还在罢工。我的生活却一天比一天自如，我按时起床，自制早点，打扫房间，做暑假作业，玩电脑游戏，与同学一起郊游，生活得自由自在。在爸爸妈妈从月球回来时，我可以骄傲地告诉他们，我再也不是那个衣来伸手，饭来张口的孩子了！

一天，我翻身起来，看到亚米头上的红灯在一闪一闪。我又惊又喜问道："亚米，你复工了？"

"女主人临走时，对我下了指令，将内控电路关闭10天。"亚米像背书似地说着。原来，妈妈用心良苦，让我经受"逆境考验"。于是，我对亚米说道："请你在我开学前，一直关闭内控电路，好吗？"在它充满狐疑的目光下，我信心十足地开始了一天的劳作。

《科幻世界》，1997年第11期，方人改编

宇宙耳

李晋西

梦幻时代，地球与外星的往来像邻居串门似的。我的堂爷爷12岁驾着飞船离开了家，11年后，又从天而降。堂爷爷的母亲去开门，眼睛直盯着堂爷爷，几乎不认识他了。尤其是堂爷爷那对槐树叶的小耳朵，已长得又红又大，似乎贴上了一对窗花。他还具有用任何声音说话的技能，堂爷爷没经过任何训练，便成了声音的天才。他当过国家剧院口技演员，受聘过国际电视台，专门组织新奇乐节目。据以后的考古学家考证，他曾运用他的声音，化解了一场战争。他是我们家族里业绩最辉煌的英雄。可是，随着堂爷爷影响力的增大，他给地球上的人类带来了不知是福还是祸的尴尬。

事情的起因是堂爷爷的恋爱。堂爷爷宣布与玉婧姑娘订婚那天，姑娘含情脉脉。堂爷爷滔滔不绝赞美姑娘的纯洁，声音一会儿男，一会儿女，一会儿是位老人，一会儿是个儿童，到会的人都为他的表演喝彩。但是，他的头上却冒出大粒大粒的汗珠，突然叫起来："我的声音，我的声音！"他控制不住自己的声音了。两个客人叫着："中魔了！中魔了！"夺路而出。大厅里的人都跑光了，只剩下堂爷爷怪声怪气地呢喃着。

堂爷爷在床上躺了7天，全家都乱套了。家里飘浮着理不清，分不出的声音，全家人只好谁也不说话。一天夜里，堂爷爷的妻子听到一阵怪怪的、让人毛骨悚然的笑，就寻着笑声找去，却见丈夫在抹眼泪。她跌坐在丈夫身旁，蒙住脸道："这是什么世界呀！"

一夜之间，堂爷爷的邻居及新住在这个城市的人，都失去了自己的声音。

后来，这个城市被隔离起来。据以后的考古学家推断，堂爷爷的声带，被地球的一个微生物破坏后，在空气中传播病毒，扰乱人的听力，人们只能以书代言。不知过了多少年，人的耳朵开始退化，人类的梦幻时代也宣告结束。

父亲的耳郭，无论从长度还是宽度计算，都居全家首位。他的耳郭薄得像蝴蝶的翅膀，太阳照亮时，能看清上面的血管。

父亲想当歌唱家，但未当成。他把梦想寄托在我身上，自己学起了天文学。在房顶上安装了光学天文望远镜，让我和弟弟每天晚上定时观察他指定的几颗星星。我们围着望远镜寻找R星上的生命。又过3年，父亲告诉我们，R星上没有生命存在。父亲变得缄默了，把望远镜也拆除了，他转到考古部门去工作。一天，父亲把我拉到树林里说："唱首歌吧！"这时，弟弟边跑边喊："爸爸！外星人来啦！是从R星来的。"我和父亲都愣住了，R星人？！

"我是你堂叔叔的后辈，生在R星。"他的声音低弱得像耳语，他向父亲伸出了手。

"欢……迎……"父亲小心翼翼。

"唉哟！"R星人叫喊一声，扇动着耳朵，"请不要高声说话，我的耳朵……"

我"扑哧"一声笑出来，赶快捂住嘴，但笑声从指缝钻了出来。外星人一边"唉哟，唉哟"叫着，一边把耳朵卷起来，卷成两根圆筒，贴在脑袋两边。

R星人在我们家住了下来。他在家闲着无聊，要听我练唱，他说不会震落他的耳朵，他反扣着耳朵，好似一只大象在听我唱《星星在我头顶》。

他突然叫着："停下，停下，孩子。这叫什么唱歌，应该这样唱。"他唱了起来。

树叶飘落，大地震动，我仿佛被举到半空又摔到地上，我捂着耳朵吃惊不已。

“别害怕，孩子。这才叫唱歌，张大你的嘴。”他把手伸到我的嘴里，上下里外摸了一遍，“嘴没问题，是你的耳朵。”随手拨了拨我的耳朵。

从此，他天天带我到河边练唱，让我提高音量，在我感到耳朵痛得厉害时，他把他的耳朵盖在我的耳朵上……不久，我的耳朵奇迹般地长大了，能垂到肩头了，我也学会把耳朵卷起来。父亲把弟弟也交给他，父亲说在宇宙航行，必须有一对R星人的耳朵。所以，他希望我和弟弟成为地球上最早到太空的人。

一天，R星人说：“我该走了，我只是来寻根的”。堂爸爸走后，我觉得R星人好似天方夜谭。我摸了摸耳朵，然后把耳朵卷起来。这一切都是真实的！他是我的堂爸爸。他正等着我去R星呢！

自从堂爸爸离开地球后，天空好似垂下了云梯，外星人接踵而来。一天，我到商店购物，居然有外星人当收款员，营业员被机器人取代，有的商店全由电脑控制。

收款员看见我，说：“你不是R星人。”并自我介绍：“我叫吉，R星球的地球人类学家，为了研究而来地球。”他对一些明明属于常情常理的事，却往往长叹：“唉……奇怪，那么多的感情，有什么用，真不知从何产生的。”

吉突然离开了，不久，其他外星人也离开了地球。那年，奶奶也去世了。奶奶为外星人没把我带走而伤心。我为奶奶的死也悄悄哭了几场。

地球人从震惊中恢复过来后，建设了全球性的机构。地球人利用外星人提供的技术，传授知识，准备把我送到太空。

人类的发展比外星人在地球时还快。我接受了基因术，能活到400岁，或更长。我有足够的时间去寻找外星人。

我离开地球那年，许多地球人接受了扩耳治疗。我飞出地球后，打开耳朵专心致志观察着堂爸爸说过的流星。但5年过去了，除了些太空垃圾外，什么也没看到。又过了14年，到了R星，我走出飞行舱，理了理耳朵。

R星比堂爸爸和吉描述的都要暗淡，周围不见R星人，也不见R星的树。

堂爸爸曾讲过R星唯一的一种树：鸟树。鸟树好似长有脚，今天在这里，明天在那里，谁要碰它一下，它就动一下。鸟树对R星在宇宙中的位置很敏感，会随着R星的变化而变化。所以，许多R星人喜欢生活在树上。吉小时候大部分时间都在鸟树上度过。他没在太空中迷失过方向。

我撞到过许多鸟树，但没见到一个R星人。我继续寻找，到过地下宫殿般的建筑，但没生灵，没语言，家具在风中作响，一片狼藉。他们在哪里？

我开动了飞船，竖起了耳朵，绕着R星整整飞行了5个年头，四周仍是寂静，仍是漆黑一片……

我决定到L星去！但还需飞行100年。这100年的孤独，寂寞……我必须每天注射大剂量的催眠针，度过这年月，让飞船滑向L星。一天，我睡眼惺忪时，突然发现应该翻动的数据仪不动了……我在哪里？R星，L星，地球在哪个方位？失向了！对地球人来说，我失踪了。

我冷静地面对自己的处境，捋着又大又长的耳朵，觉得在我的微笑中，走出了堂爸爸，走出了吉，他们也对我微笑着。堂爸爸从来没说要带我到R星，而他让我去看他，不过是愿望罢了，而吉呢？此刻，我才多少体会到他对人类情感为何惶惑。

我有一对宇宙需要的大耳朵，宇宙创造我的这种奇迹，一定不会将我抛弃。我想着地球上那些积极准备着走出地球的人，想着我的弟弟，想着对我永远抱着希望的父亲，眼中充满了泪水。我一定要给他们带回希望。

《宇宙耳》，福建少年儿童出版社，1997年10月，赵滁先改编

第二星系的阿尔

李晋西

24岁时我已是小有名气的作家了。我写得最精彩的是外星特写。天生喜爱宇航冒险的我，到过许多太空基地。

妻子是第二星系迷。出于对妻子的爱，我写了一本《第二星系的光晕》的小册子。这是第一次不经过实地考察，通过阅读资料写成的。书中展现了阳光明媚，空气清新，人际关系和谐，家庭生活美满的星系。许多评论赞叹：只有到过实地的作家，才能写出让人产生触摸感的景色。

一次，我递交了全家去第二星系参观的申请，但只批准了我。

我的朋友大川是研究第二星系的专家，他要求我给他带回星系人生存的任何信息，我答应试试看！可是，如果被人发现，我将被永远放逐。

飞船降落在第二星系的第一颗星——“冥王星”上。没人迎接，四周寂静万分，灰雾蒙蒙。明丽的阳光、蓝幽幽的空气在哪里？

不远处，一幢房子露出小小尖顶，我朝前走去，房里摆设精致考究，但有堆砌之感。屋里没人，说话的声音是从小摆设里冒出来的。到处设有机关，仿佛进入了游戏场，这些与地球上没什么两样。我四处寻找与我阅读过的文章有联系的景物，但一无所获。天空始终灰暗，使人沮丧失望。

突然，一位老人向我走来，把鼻子搁在我身上，动物似地嗅嗅，并让我也学他那样闻闻他。“有异味吧？”他问。

我摇摇头。老人又说：“终于过关了！”

老人说他不属于第二星系，是古人类学家，早我好几年到达第二星系的。

我问起阿尔。

“阿尔是谁？”老人不以为然地反问。

我怀疑他作为地球古人类学家的真实性。我把阿尔的事情告诉了他。阿尔是第二星系的设计者，花了一生心血建造了第二星系。后来在一次事故中丧身，由他的遗嘱人继续执行计划。第二星系发展到今天，人人向往……

老人却哈哈大笑起来。“这是个错误，是我妻子替我递交的申请，我不知道，后来只得放下工作来这里。但这又是一个我终生不会原谅的错误！你明白，你应该明白！”我越听越糊涂了。

老人又谈到古人类的模样、住房、社会关系……我听出讲的全是故事，我让他别把我当小孩儿。他说：“我就是这样研究的，我要让包括10岁以下的孩子都能享用我的成果！”

“这是故事，故事存在于真理与谎言中。从表现形式看，故事是谎言，但承载的内容，却是真理。这就是古代人类社会的真理！”

这是什么样的逻辑！我忍不住大笑起来，老人毫不在意，跟我一起放声大笑。

天还是灰蒙蒙的。我离开了“冥王星”，来到“海王星”。来接我的是第二星系的使者——阿尔——第五代人。

“海王星”的布局跟第一颗星差不多，全是灰色。石子铺成的小路，草茎细长，几乎没有叶片，浅灰色，是折射阳光的太阳草，也是居民加工太空食物的主要原料。

阿尔带我转到第四颗星——“土星”时，才觉得景色有了一些变化。四周的草摇曳着淡红的光彩，气温也高了一些，最重要的是遇上了其他人。

在一幢小尖房外，一个小女孩儿望着我，她跟我的女儿长得太相像了。我急切地叫阿尔。

阿尔终于讲话了：“她是土星——阿尔。”

“怎么又叫阿尔？”

“我们都叫阿尔。”阿尔回答。

我茫然了，为什么他们都叫阿尔。

自从见到小女孩儿后，我的内心激荡着，渴望把心中的东西吐露出来……

到了第七颗星——“地球”时，我终于爆发了，拦住了阿尔，发狂似的把藏在体内各角落的词语倾吐了整整两天两夜。

我从极度疲劳中苏醒过来时，已无话可讲了。心静如水，觉得自己好似成了阿尔——第二星系的一分子。我与他们相通了，都向着一个方向，一个目标。

到达“金星”后，阿尔向前一指说：“最后一站就不陪你了，你从水星上直接回你的地球吧！”

离开了阿尔，向着“水星”飞去。这里却是另外一番天地。它的外形像封闭的方匣子，我从侧面找到入口，幽暗的光照着石阶，我沿石阶而下。每走9级，便是一道门，推开门继续往前，一道门对着一道门。门的两边有石龛，里面放着光滑的石头或一本书——像地球古代博物馆陈列的印刷品……走了很久，才进到没阶梯的房间。一位老人坐在中间向我微笑，屋里香气缭绕，那不是古人类学家吗？“你怎么比我先到？”

老人摇摇头：“我是第二星系的阿尔，你不可能见过我！”

老人说完话后，我的记忆变得淡薄缥缈，妻子、女儿、大川、地球都消失了。我虔诚地听着他讲第二星系的阿尔。我渐渐变成了一个新人，向往阿尔的新人。我完全处于一种被迷住的状态，以至什么时候拿走“水星”的东西也不知晓。

现在回忆起来，这个东西使我处于第二星系与地球之间，像一个没有根的人，既不是第二星系的阿尔，也不是地球上的作家，成了一个漂泊者。

回到地球后，大川来找我，并问：“带来没有？”我望着大川，渐渐回想起来……从“水星”带回的石头。我取出包裹了几层的石头。瞬间，刺眼的光亮闪过，接着黑暗扑来，我倒下了，感到身子轻飘飘，好像被风抬升起来，送向远方。

我醒来时才知道，我已昏迷了几天。那块石头已经成了粉末……我仿佛从梦魇中逃出来，又成了妻子的丈夫，女儿的父亲。是那块石头，使我找回了自己。

我终于完成了《第二星系的香味》，它是对《第二星系的光晕》的背叛！以我亲身经历，描述了到第二星系的盼望、投入、挣扎、迷狂、茫然、清醒……

这本书不但打破了所有人对第二星系的向往，还点燃了人们的愤怒……但，我的书不仅没能阻止人们探访第二星系，相反，他们去了一批又一批。他们没有遇见一位阿尔。第二星系废墟一片，好像是人类遗弃了的空间基地。

不久，官方组织了调查团。调查团的报告称：第二星系自我毁灭了！像其他人造星体一样，不复存在了！

第二星系、阿尔会消失？我回忆着在第二星系的一幕幕，从中寻找着答案。

《第二星系的香味》出版刚一年，大川把我送到一个不久将毁掉的空间站。从此，我从地球上彻底消失了。

我至今相信，第二星系并没有消失，一定存在！只要我的心没有停止跳动，我一定会穿越茫茫太空，到“地球”，到第二星系以及有人迹的地方去寻找！

我能如愿吗？

《宇宙耳》，福建少年儿童出版社，1997年10月，赵滁先改编

希望的扇子

李晋西

死亡之气紧逼向我。像云一样的雾气，有一股硫黄味。我终于逃离了地球。但个个星球都笼罩在悲观绝望中，我在宇宙中流浪着。一天，我的飞船失去了控制……

待我清醒时，发现自己赤身裸体，匍匐在地。我被关在一间房里，墙角还有一个赤体蜷曲的小男孩儿。突然一个赤身成年男子站在面前，我试着把手伸向他。男子举起手放在我的手背上。

“机器人。”我惊叫。

“不！我只是戴了一张跟人类相同的面具。”

“你是什么人？”我问。

面具人咕嘟了句什么，突然房顶上出现一张红色星位图。图上标出许多我没见过的星球，面具人抬手一指，一道蓝光照亮了星位图上的一点。

“你们现在在这儿。你们从来不知道我们的存在，而我们却关注着你们的一切。我们两个星球距离那么遥远，你们为什么把病魔带到这里来？”

突然一声巨响，在我头顶上伸出一个显示器。无数的小黑点在屏幕上跳动。出现一群只有半边人样的动物。他们只有一只眼睛，

一只耳朵，像一个人被劈成两半。那半边脸不会动，僵硬地挂着笑容。身材如扇，小男孩儿的目光也向两边分开，像一把扇子。

面具人指着屏幕说："那就是我。我们不能接受你们这些患绝望症的人。地球上正流行绝望症，他们到处躲藏，不想法自救，反而让其他星球都被感染上。我们不希望你们来破坏我们的生活。"

面具人改变话题："你知道你飞船里的男孩儿想得到什么吗？他的脑子转着这个图案。"

头上的屏幕又亮了。一个扇形图案占据了整个画面。小男孩儿发狂地叫着："扇子！给我扇子，我要赶走眼前的雾气……"

面具人说："他能活到今天，是因为他希望得到一把扇子。而你，病入膏肓，没有希望。你的获救，全是他的希望暂时抵御了不断蔓延的绝望病菌。等你把扇子做出来，我们就要把你们送回地球。"

"我为什么要做扇子？这东西，我只在历史图册中见过。"

面具人望了我一眼："你们没有扇子，说不定还没离开这里，就会绝望而死。"

"有了扇子，他就不会有希望了，我们怎么活下去……"

面具人笑着说："错就错在你们人类到死都不了解自己。新的愿望能量更大，更能激发人的精神和斗志。你们只有不断拥有新的希望，才能真正逃脱绝望症。说不定你们还能救出几个像你们这样尚存一线希望的人呢！"

"那就试试吧。"在我做扇子时，小孩儿才告诉我他是怎样跟着我来到这里的。他一心想得到一把扇子，地球上没有，他就想到其他星球上寻找。他看我跑向飞船，立刻藏了进去……没想到却被扒光了衣服关了起来。

小孩儿笑得那么明朗纯洁，笑声那么甜蜜，真希望他永远笑下去。那是他的，也是我的，我们人类的希望。

我全身心地制作扇子。许久以来，我第一次渴望认认真真干好一件事情。

《宇宙耳》，福建少年儿童出版社，1997年10月，赵潞先改编

误入歧途

李晋西

宇宙飞行员老赵驾驶着飞船送生物学家孙龙去“中国航天九号站”做动物实验。

突然一阵爆炸声，飞船翻滚起来。小白鼠在舱里飘来浮去，他们感到坠入了深渊。

待他们苏醒过来，飞船好像已着陆了。老赵打开舱门，茂盛的绿叶伸进了舱内，这里不是九号站，是什么地方？

太阳当头，森林里一片寂静。突然，传出树枝断裂的巨响，猛地，出现一个人影，身上一丝不挂，闪着金光。只见那人用食物在空中勾动着，也不明白是什么意思。

孙龙用各种语言跟他交谈，但他仍用食物勾动。

孙龙捏了捏那个人下颌骨后大嚷：“野人！是个野人。把他绑住了。”

“野人”动也不动，咧开了嘴，像人类的笑容，只是不出声。

捆住“野人”的绳子像变戏法似的断裂了，野人如羽毛般地飞了起来，渐渐地消失了。

一个精致的小方盒从空中飘来：“不要害怕，我们是同类，只是不在一个星系上，我们已进化到不用语言来传达思想了。我们交流只需拨动空气。根据振动的频率来判断。”

孙龙觉得奇怪，谁也没能在其他星系上找到过类似人类的生命，而他们却被无意抛到这片有生灵的地方，误入歧途，并发现了生命。

“这是什么星球？”孙龙小心地问。

盒子传出：“TST，用中文意思来讲，就是有来无回的地方！请跟我走吧！这是我们的一个小城。”

“怎么没人？”

“只要你一拨动空气，就有人出来。”眨眼工夫，出现了4个人。

老赵忍不住脱口而出：“他们都没穿衣服，还说比我们先进？”

“我们已不为物所动！”小方盒传出“野人”的回答。

他俩经过一个奇特的房子时，传出了悠扬的乐声，孙龙探头往里瞅时，被一股电流弹了出来。小方盒连忙说房里在进行心灵实验。地球上的人还没有达到能看见自己心灵的地步，自然被拒之门外。

他们好像在逛一座魔幻城。

孙龙为重新获得研究对象而激动。他准备研究变异后的人类的进化。他试图说服老赵留下，而老赵一心想回地球。争执许久，最后孙龙服从老赵上了飞船。突然，小方盒响起：“TST有来无回！”

老赵犹豫不决地看着远方的一颗星。到了那颗星，离地球就不远了。

《宇宙耳》，福建少年儿童出版社，1997年10月，邵俊平改编

遗 赠

李晋西

那座精巧带有上古奇特特征的建筑物，是“希望之星”上的遗赠房。

房中躺着一个头缠彩带的老人，房角一架希望储存机发出蜜蜂似的声音，把老人的希望一点点吸走……我问：“他得了什么病？”服务员回答：“没病。”

我惊愕。没病的人跑到远离地球的“希望之星”，心甘情愿把自己的希望贡献出来，一定是对生活厌倦了。但老人安详地露出微笑，仿佛进入香甜的梦乡。

命运真会捉弄人，渴望在地球上健康生活、渴望爱别人，也得到别人爱的我，患了不治之症——宇宙B族维生素缺乏症，提前进入衰竭期，而身体健康的老人却抛弃生活和希望，把自己关进寂寞孤独的世界。

服务员说：“他的外孙女患了和你一样的病。”

我突然感到了老人的希望不断注入，外孙女的脸红润光洁了……又使我想起10年前把希望赠予我的老太太曼。如果没有曼，我不会活到现在，也不会考虑把自己的希望献出来。我让服务员带我去看曼。

“曼！”我激动地叫道。

曼看了我一眼又沉睡梦中。

“我就是10年前接受你希望的那个男孩儿呀！记得吗？戴着一顶红色太阳能治疗帽……”我拉着她的手。

我掏出10年前曼从“希望之星”上带给我的最后礼物——干枯

玫瑰。把写有“曼”字的花瓣送到曼眼前，摇晃着她。曼的脸上似乎露出一丝笑容。

服务员摇着头：“那只是你的幻想！希望没有了，还会笑？”

一个把希望留给了我的人，连接受我的谢意都不能。她没欢乐和幸福，只有无人分担的孤独。我啜泣着。

“如果你后悔了，可以离开这里，地球上的人谁也不会责怪你。”服务员以为我改变了贡献希望的主意。“不！现在，我的决心更坚定了。”

“我要把希望留给你！把你的希望还给你！”我不顾一切地对曼说。

服务员说：“曼把希望留给你的那一刻，永远不可能再回到有希望的生活中来。”

我心情沉重地到档案室选择遗赠对象。我独独挑选出老人的外孙女。我决定把希望赠予她，让她在我、在曼和她外祖父的帮助下，获得最大的幸福。

《宇宙耳》，福建少年儿童出版社，1997年10月，邵俊平改编

盘　古

李晋西

很久很久以前，在距地球1241光年的一个星球上，人们正在举行庄严的仪式，把小盒子里的水洒到宇宙中。每滴水都是一只生命的摇篮。什么时候，一个星球能让这滴水繁衍出生命，这滴水便如磁铁附着在这个星球上，播出生命的种子。

盘古便是一滴水，飘到地球上。那时候，地球还在形成中，没生命，旋风似的雾气把盘古包裹着，不让他干涸。

盘古躺在地球上转动了很久很久，长出了头，长出了四肢，并具有了智慧生物所具有的一切。

一天，盘古把眼睛张开，四周昏沉沉，盘古想举手擦眼睛和脸，但怎么也动弹不得。

“我是盘古，有人吗？”不知从什么地方传来回声。盘古模糊地看见一股蓝色刚刚从嘴里冒出，又被顶回嘴里。盘古感触到四周的封闭，他像镶嵌在地球里的化石，有眼看不见，有嘴不能说，有手不能动，有脚不能跑……

盘古的地球缓缓转动，渐渐地，天空呈现出一片蔚蓝，朵朵白云飘动着，无数的人在耕作。人们张着茫然的眼，齐声高喊：“盘古，你在哪里？”盘古伸出手的地方，却露出一个深深的洞。他用力往前推，就会出现窟窿。他用头顶，用肩膀推。劈出的空间越来越小，身子也随着不断地长高、长大。但周围仍一片深沉，既没蓝天，脚下也没一片土地。又不知过了多久，老态龙钟的盘古气喘吁吁，在他拓展出的广阔空间蹒跚。

一天，盘古看见他的一绺头发在眼前忽快忽慢地飘飞。他从未见过风，更不知道这是他呼出的气息。

一个声音：“盘古，你在哪里呀！”

他踉跄扑上去，终于抱住了声音。盘古倒下了，高大身躯覆盖了整个地球。他的手足化成了大山，血液变成了江河，他身体的每一部分都化作了生命的种子，埋在地球上。

许久许久以后，地球上出现了人类，我诞生了。

一个晴朗的夜晚，阵阵“我是盘古”的嘀咕声把我从梦中唤醒。我到处寻找，发现声音竟然是从我的身体里冒出的。

“我不是盘古。”我吓得打自己的胸口。

猛然，我从床上跳起，难道我不是盘古孕育的吗？我们今天的一切都源于1241光年外的那一滴水！我推开窗户，忍不住对着茫茫夜空大声叫道：“我是盘古，我在这里！”我的声音好似回荡在太空，跟宇宙一样永恒了！

《宇宙耳》，福建少年儿童出版社，1997年10月，邵俊平改编

女 娲

李晋西

女娲跳离了K星人的飞船，在宇宙中飞行了143光年。突然，一阵风把她的头发飘卷起来。女娲的头发足足有两米长，在风中好似一把转动的大黑伞。女娲播撒测风纸，五彩六色的纸屑高高低低，飞向东去。女娲乐开了花，她可以玩儿飞的游戏了。

女娲特别喜爱游戏。一次，她跟邻居小玉子玩，偷偷取下小玉子的一个细胞，这里弄一部机器，那里找一些药品，居然复制出两个小玉子来。女娲父母只得把两个小玉子养在自己家里。K星上，人人都知道女娲的顽皮劲儿，很少有人跟她玩儿，于是，她来到荒凉的地球上。

女娲驾着步行机在地球上转悠。她感到什么都新奇。最奇妙的是水，每种水折射出的光都不一样。她把海水和江水混合在一起，在万能仪上鼓捣。天呀，她看到了一颗晶莹的结晶体！她奇怪，怎么会结合得天衣无缝？于是她把结晶体往地上一摔。结晶体滚了两下，不动了。她拾起嗅了嗅，有股甜丝丝的味儿，尝了尝，结晶体一下滑进了她的肚子。顿时，肚子胀鼓鼓的，像装满了食物，可一个星期不必进食。她认为太空食物还抵不上这个混合物。

女娲游遍了地球，找不到和她一起玩耍的人，就又玩起复制游戏。她取下自己的一个细胞，放在培养基似的海水和江水混合液中。3天后，小女娲诞生了。同样的两只大眼，一张大嘴，她不用

提供任何食物，只需给水喝。女娲高兴得一边唱歌，一边继续玩儿着造人的游戏。在结束造人游戏时，她只记住第一个人的名：流流。她从流流身上取下细胞繁殖，但这次再也不能靠地球水来自身复制了。她感到遗憾。幸好流流能给她带来另外的快乐，流流整天跟在女娲身边，一天，流流慌张地拉住女娲：“天，天……”

女娲造的人纷纷从山的一侧向她奔来，天空透出无数窟窿，千疮百孔。女娲登上飞船，取出K星彩料，用江水、海水调和好，往返于天地之间，补着天空。流流抓住女娲，要她快一点把天空补好，天上的窟窿还在扩大呢！

女娲仔细地把每片天空涂上各种色彩，让天空像一床美丽的织毯。最后，在东方一角，她绘了一朵白云，那是为自己飞船留下的通道。

女娲在地球上待了许多年，把想在地球上做的事完成了，便到其他星球去了。现在，她不知在哪个星球上，正玩儿着什么样儿的游戏呢！

《宇宙耳》，福建少年儿童出版社，1997年10月，邵俊平改编

羿射日

李晋西

地球和B星球的战争进行了多年，但谁也没料到B星球会造出9个太阳。这样一来，没有10个太阳火辣辣地照着大地，地球好似快燃烧起来了。

夸父接到指挥部命令，通知他去开会。他刚打开门，一股热浪把他推得退了几步，眼睛直冒金光。他知道10个太阳的厉害，他就是太阳能专家。

羿对B星球的新进攻一无所知，他与世隔绝很久了。羿为躲避妻子嫦娥的“缠”劲，逃到离地面千米深的地下能源实验室。

羿是十二代激光武器的研制者，也是有名的能源专家。羿还没弄明白是怎么回事，就被指挥部的两个人拖出了地下室，隔热面罩沉沉地扣在他的头上。羿来到地面，立即热得打起抖来。羿昏昏沉沉地被人带到一间房里，床上躺着夸父！夸父吃力地说：“B星球的9个太阳……”

原来，夸父到临时指挥部开完会后，便驾着飞船去对付B星球的9个太阳，但他还没接近离地球最近的一个太阳，便口干舌燥，身上冒出焦臭。他吃了许多强化冰，住进了医院。

夸父对羿说：“全靠你了，得抓紧，B星的9个太阳的能量不会在短期内释放完。再过几天，连我们说话的声音都会被阳光扭曲得听不懂了。”

羿沉思了好半天说：“最近，我搞出了一种比十二代激光还厉害的新型武器。我暂叫它羿气吧，类似核聚变，但对人体无伤害……”

“让我试试吧。”羿气这种武器似气非气，似水非水，被装在一个小瓶里。由于来不及制造能载“羿气”的发射装置，羿只得登上涂了几层新型防热材料的飞船，用简单的机械反冲手枪，向太阳射击。羿扣动扳机的同时，按下了飞船的反冲键。飞船弹出太阳的爆炸范围。

只听一声巨响，羿觉得天昏地转，飞船翻了几个滚才平衡下来。羿又驾着飞船开了8枪，把8个太阳击毁后凯旋，迎接他的第一个人便是嫦娥。嫦娥手捧鲜花，妩媚动人。

《宇宙耳》，福建少年儿童出版社，1997年10月，邵俊平改编

烛　龙

李晋西

烛龙被造成地球人模样，送到1200光年远的地球去当使者。他接受了各种请求，比如记住见到的第一个地球人的姓名呀！带回一点儿地球人的礼物呀！

烛龙在地球上过了3年。许多白天黑夜，走了不少地方，但却没见到一个人。遇上的全是会跳、会跑、会飞的小动物。它们听到烛龙的脚步声，都仓皇地躲逃起来。

他走动的声音惊天动地，踏起的尘土遮住半边天，他说的话都是色彩缤纷的雾气，谁还敢接近。

烛龙只得收起双脚，藏在空空的肚子里。他成了爬行动物的模样，肚皮擦着地面的爬行声，如一阵风。

一天，他把管行动的左手放在一棵桦树上，说：“你告诉我，地球人在哪里？”桦树对他的花花绿绿的雾气语言无动于衷。

昼夜依旧瞬间更替，烛龙无所事事。有时，他取下巨石摆来弄去，玩儿下棋游戏，有时任意在岩画上画一些图。

这天，他玩儿腻了，慢悠悠地爬到一道山梁上。突然，发现山下一群身体跟他相仿的东西在走动。他兴奋地大叫："地球人！地球人！我是烛龙。"

"地球人"害怕地逃跑起来，烛龙取出双脚匆匆安装上，绕着"地球人"转了三个圈，把左手搭在"地球人"肩上，"地球人"瞥了他一眼，继续吃树叶。烛龙把装满感情的头靠向"地球人"。"地球人"轻声叫了两下，退到一边，埋头咀嚼，其实，烛龙来地球时，人类还没诞生，那是恐龙。

烛龙绝望了，大叫起来，疯狂地转着圈："我是烛龙呀！"烛龙喷射出的一道黄光照亮了半边天。光亮击垮了山峰，大地摇晃，恐龙一个个地发出悲鸣。

不知多久，烛龙被自己吼出的色彩挡住了视线。他的泪水和咆哮的山洪汇成不可阻挡的巨浪。把"地球人"吞没了。

许多年以后，人类诞生了。一天，一个小男孩儿发现了烛龙摆弄过的"棋子"和巨石上刻着像鸟的图案。他问父亲，父亲说："是地球早期的动物。"小孩儿又问："谁画的？"小孩儿的父亲沉思半晌说："上帝！"小男孩儿带着敬畏，仔细看着"上帝"的笔触。

《宇宙耳》，福建少年儿童出版社，1997年10月，邵俊平改编

刑　天

李晋西

杰和父亲以及移民们在一座小山旁搭起了房子。这R星球离地球120光年，是最远的一个移民地。在R星球生存，人们必须住在装有防尘过滤罩的房子里。杰和其他孩子们相互敲打着头罩，对山顶流动的尘埃欢呼。

每户人家除有单独住房外，还有供移民活动的大房子。

第二天，杰的父亲醒来后大吃一惊，出现奇迹了。阳光金灿灿，照着山坡一片绿草；露水晶莹，折射出一丝一片的光芒。杰跟着父亲走出房门，移民们纷纷跑到阳光下，在山坡上欢呼着。

突然，山背后传来巨大的声响，好似人的脚步声。到达山顶时尘雾腾在半空，迅速扩散，盖住了绿荫。尘雾越来越浓，脚步声越来越近。人们都集中到大房子里，打开尘雾发射微型探测器。显示屏上出现一个裸露人。那是个巨人，肚脐好似深不可测，黑乎乎的，不断冒出黑色之气。人们谁也不知道面前这个喷出尘雾的东西是什么。但有一点他们明白了：R星球的尘雾，不是自然现象，只要把巨人杀死，他们都可能拥有草、阳光、露珠。

杰的父亲带着3个人，戴上头罩，提着激光枪，转到巨人背后。

显示屏上出现几道黄色，激光枪响起来了。巨人不慌不忙把一块石头放到肚脐里。肚脐像嘴巴一样动起来。两只扁平的乳房却是巨人的眼睛。黄色不断掠过显示屏直指巨人的肚脐，但肚脐继续吃着石头，声音像一阵悠长的悲鸣。巨人的眼泪滴落到尘雾中，使尘雾变幻出形状各异、颜色鲜艳的花朵。

杰走出大房子，走到巨人身旁用力推了推他。巨人却拼命抓石头往身上堆，想把自己盖住。结果，石头都滚到肚脐里，肚子上好似开出一朵莲花似的石头花。

“你是谁？为什么吃石头？你是机器人？”杰又说，“我们杀不死你？”

巨人说：“谁也杀不死我，我是刑天，我也喜欢阳光。我吃一些，就停下来等着太阳。”

杰的父亲走到杰的身边。杰看到阳光照在父亲的额头上。杰跟着父亲踏上了飞船。他们移居R星成了泡影，杰不知他们将飞向什么星球。

《宇宙耳》，福建少年儿童出版社，1997年10月，邵俊平改编

天　河

李晋西

母亲上岁数了，白发苍苍仍在织布机前为我们织衣服。她总爱说：“不知你们哪一天会穿上我织的衣服，渡过天河，再到地球去呢！”

天河就在我们身边，只要我们沿着天河不停地往前走，就能到达其他星球。我快满6岁时，母亲第一次给我讲天河。我嚷着说我也要到其他星球去。母亲说：“孩子是不能去的，那里漫无边际，会找不到家。”我靠在织布机上伤心地哭起来。母亲把我搂在怀里。我继续苦苦哀求，死死拽着母亲说：“我要去。”

母亲叫着父亲：“牛郎，快来抱抱儿子！”

我在父亲怀里睡着了，因为父亲答应带我过天河，到地球去。

7岁那年，母亲把我和父亲的衣服织好了，我们就是穿着那件衣服到地球的。

出发那天，母亲叮嘱我要睁大眼睛，把天河的美景都记在心

里。于是，我聚精会神，什么都往脑袋里塞，还没走到天河中心，已经倒在父亲肩上睡着了。父亲几次摇醒我，我睁开眼，只见一片红，一片蓝，五颜六色，天河是一道闪光的彩虹。我的记忆里就留下这样的印象。

最后，我们来到地球，父亲把我举在肩头在街上闲逛。开始，我东望西瞧，后来，听到说书人讲到“天河”和“牛郎”。“爸爸，他讲到你了！”

父亲一下子把我从肩头放下：“别再说了。”

一个男孩子大声道：“我能不能去天河？”

说书人回答：“回为那汉子已暴露了秘密，后来人再也不可能通过天河了！”

现在，事情过了那么多年，我仍纳闷：为什么地球人不能到我们这里，而我们却能散步似的穿过天河到地球去呢？虽然我已步入中年，但是我想如果各个星球的孩子都能凭借美丽的天河来来往往，一定很有趣，很开心。

一天，我和母亲又谈到天河。我叹息地球人不能到我们星球。母亲突然笑起来，一边摸着我的头，一边说：“因为他们没有我织的衣服呀！下一次你再过天河去，给他们带上一些。”

我感激地拥抱母亲。我的眼前流动着一幅幅情景：地球人穿着母亲织的红衣服，悠悠地徜徉在天河……我何时能给地球上的人带去母亲织的衣服呢？

《宇宙耳》，福建少年儿童出版社，1997年10月，邵俊平改编

混　沌

李晋西

混沌住在地球上已经很多很多年了。他诞生时便适应了黑暗和宁静。他的身体又大又长、又方又圆、模模糊糊，与周围的模糊连成一片。他生性嗜睡，可灵敏的耳朵却爱跟他作对。哪怕是一滴水落入岩石缝里，他的耳朵都会摇动，直到把他摇醒。

一天，混沌在梦中恍恍惚惚察觉到一丝响动。他把耳朵背向声音的方向，可耳朵还是摇开了他的眼睛。他从未见过光亮，突然看到耀眼的光芒，慌乱地把身体弄圆，一连滚动了两圈，把眼睛、鼻子、嘴巴藏在身子下。他企图搞清楚奇怪的响动，可睡意袭来，又坠入昏沉中。不一会儿，耳朵又动起来了，剧烈的声响又摇醒了他。他决定把声响弄个明白，从东滚到西，从南滚到北，滚一段路，停下来睡一会儿，不知过了多久，混沌终于接近了声音。他紧张地盯着一个东西，这东西有一个圆圆的脑袋，还有一双手和两只脚。脑袋前面罩了一层，但还能看清有两只眼睛，两个耳朵，两个鼻孔和一个嘴巴。

他是从R星到地球探险的忽！忽使用自动避险飞行器东看西瞧，并按了一下脚上的键钮，朝前跳了一段。声响便是从他的脚上飞行器里喷出的。忽跳到混沌面前，向他点头，并给混沌讲R星人、老年、飞船、星际等，可混沌一点儿也听不懂。

忽一边说着，一边把手伸到混沌身边。混沌被摸得痒痒的，就在地上打着滚，擦去忽的指纹。混沌滚到地球中央，痛痛快快地做了个好梦。醒来时，忽正好来看他。于是，他便给忽说起他的梦：……他不但有能睁能闭的双眼，还有嘴巴、手和脚，他的一只脚就站在一个小裂缝前。突然，裂缝“嗞嗞”作响，冒出一束光，火光冲天，把天空照得通明……

忽听得专注、神往，并告诉混沌，他的梦是财富。忽在混沌每睡一觉醒来时，都来听他讲梦的故事。可这回混沌睡了好几觉，都没见忽。一次正要入睡时，一强一弱的响声从西移到东，最后移到南。混沌打起精神向南移去，看到忽与R星人修相互转动拳头，混沌大吼：“不准战争！”吼声震撼了漆黑的地球，两个R星人停止了战斗。

混沌没料到R星人为他的梦战争，他不明白他的梦为何能成为R星人的财富。

混沌为他们判断了公正。从此，忽和修不再争打并成为朋友，只收集混沌的梦。混沌的梦泉涌似的，没有止境。

忽与修为了使混沌的梦成为现实，计划给混沌动大手术，使他变成R星人模样。首先要给混沌开七个窍——眼、鼻、嘴、耳等。

可是，混沌却不再做梦了，也没了睡眠，他呼吸急促，生命危在旦夕。忽和修抢救了几天，混沌还是死了。

就在混沌断气的那一刻，混沌的梦实现了：大地裂开，黑暗退却，炽热的岩浆往上冲，烧亮了整个地球。

忽和修驾起飞船，看到火山爆发，江海形成，阳光照亮了地球。

《宇宙耳》，福建少年儿童出版社，1997年10月，邵俊平改编

流 星

李晋西

飞船里的光亮渐渐弱下来了，我知道光会彻底消失，黑暗会笼罩一切，就像外面的世界。我鼓足勇气推开舱门，脚刚踏到沙地上，寒气便直逼全身。远处的沙粒建筑物层层叠叠，没有边际，天空低矮灰暗。我从身边的声音判断出有许多沙地人簇拥着把我供奉起来。他们虽然兴高采烈地大声嚷嚷，但声音却嘶哑细弱。他们的嘴阔大，眼细小，鼻子完全看不见。他们很矮小，最高的只齐我的膝盖。

那时，我和我制造出来的“博士”被抛弃到这个荒凉的星球，他们给了我一艘飞船，给了粮食和制水机，让我生存下来。我的发现能使他们拥有更多的、在浩渺宇宙中抗击侵略的最基本武器——人，为什么要抛弃我？是怕我泄露机密，传授给其他星球？千思万想，无所适从，我绝望地驾着没有导航仪的飞船慢慢降落，看不到一点儿文明的迹象，更找不到一个同类。我到了一个没有生命的死星。在这个星球上，只有我一个生命存在。沙粒打在飞船上“叭叭”作响，犹如无数双手正在把我埋葬。我不可能离开，也没有谁来救我，我失声痛哭起来。我没有细想，迅速取下自己身上的一个细胞送进人体复制机。当一个活生生、长得跟我一模一样的人突然站在面前叫我“博士”时，我吓了一大跳。我在地球上从没复制过自己。好半天，我才嗫嚅了一句：“你也是博士？！”

现在，面对茫茫黑暗，我这个真正的博士也只能按照沙地人的意愿走向目的地了。

我的错误是没有把智慧传授给“博士”，不然，我们一定能战胜沙地人。“博士”只能念“自食其果”，这是我教给他的唯一的一句话。我的目的只在于他能时刻提醒我克服人性弱点中的惧怕和孤独，在死星上顽强生活下去。因为我认为我在地球上复制了那么多人，最后反而被抛弃，原因在于我教给他们的东西太多了。自食其果。

我最大的错误是制造了这些沙地人。我改变了自己DNA链上的几环，沙地人就成了似人非人、鼻孔深陷的高级动物了。他们由我的细胞变异而成，以沙为食，沙取之不尽。记得把第一个沙地人放出飞行舱的那刻，我曾怀着怜悯之情望着他，跟我有着密切联系的生命就这样离开了我。他是那么弱小，小心翼翼地往前迈步，我就像看到了自己的童年。于是，我不断制作沙地人，还教他们语言文字，盼望着有一天这里也跟地球一样，我能生活在他们中间。谁知，我的秘密被发现，他们都不能使同类增多，唯独我像变戏法似的定期输送给他们新伙伴。我主宰他们，于是我成了神。如果不是看到一个沙地人用沙块砸我的飞船，想把我弄出去，我一直是幸福的。

沙地人具有不达目的决不罢休的决心和毅力，他们会制造出摧毁飞船的巨沙石。我只能按照他们的要求走出飞船。我和“博士”穿越沙地人的城市，我的脚沉重如铅，拥簇着我和“博士”的沙地人终于停了下来。他们不顾一切地专心吐唾液，绿色的唾液把沙粒揉合成沙团，堆砌成有无数洞口的围栏，那便是我的葬身之地。我感觉出这不是沙地人置我于神坛，而是给我这个地球人设置的圈套。他们让我坐在母船中的小型飞船里，留下复制机，是不让我把精力放在逃出死星上，而是绕着我自己设计的圆圈从开头转回到开头——从死亡到死亡。

起风了，悲凉像刀一样割着我的脸。奇怪的是我却感到异常亲切。自从到死星后，第一次触及到风。走进特为我的“博士”建成的沙房子，四周窗口的风推动着我，好似要飞起来。“博士”欣喜地向我点头："自食其果！"这时，天空横过一道流星燃烧的光亮，强烈耀眼，很久都留下无数小红点相连的余辉。

那不是流星，而是母船带领的大型船队。我一边跟着"博士"喃喃自语，一边努力挣脱光亮刻在瞳孔上的不适。

《宇宙耳》，福建少年儿童出版社，1997年10月，邵俊平 改编

寻找自己

李梦吟

两个月后，我回到家，仍记不起什么。打开相册，一个女孩使我的心一颤。她是谁？那么熟悉。母亲告诉我，她是我姐姐，在同一场车祸中失去了生命。她保护了我，我得救了，而她死在迎面而来的卡车轮下。我记住了姐姐的名字：丽华。

头上的绷带拆掉了，我在镜子前端详。我发现，自己会不经意地甩头发，而我头发那么短，以前也没有一张长发照片。同学云茜来找我，她的面孔是那么陌生。但是，云茜很快成为我的好朋友。她告诉我丽华爱好音乐，又爱好绘画，还说我过去跟她一起设计过东西。我看着这些设计图，仿佛掉进五里云雾。

云茜耐心地解释"打开记忆的大门"设计，它是由外界刺激神经元，使它们兴奋，促进神经联系再活跃，我一知半解地点点头。云茜和我用了一星期做了一台样品，我躺在床上进行了试验，舒服极了，但没有打开记忆。后来，又做了几次试验，功效不怎么好，意识中出现的是住院后经历过的事。

一天晚上，我做了个噩梦，梦到车祸！一定是从前的记忆。于是，我把云茜的机器和实验告诉了父亲。父亲惊呆了，并大为不满。

这几天，我不断梦到新鲜的面孔，一定是以前的记忆。有一天，云茜来找我，母亲不让她进来。我生气地冲出房门，母亲却说，父亲要找云茜谈，说着把云茜带到父亲房里。从那天后，云茜再也没露过面。我拨通了云茜的电话，她说机器不好用，拆了，要我别再试了。我感到奇怪，云茜怎么会改变了主意。

机器的效力还没有消失，我又梦到了车祸。我清晰地看到，那一刻我扑上去想保护的人竟然是我自己，我尖叫了起来。父母亲走了进来，我抓住母亲的手问："我究竟是谁？"

父亲叹了口气，把母亲的日记给了我。原来，那次车祸中，我的身体完好无损，而头部受了重伤；丽华虽肢体破碎，大脑却完好无损。于是，丽华的脑组织移植到我的头颅里，记忆恢复了，是丽华的记忆。

现在我明白了，车祸中我的灵魂死了，只剩下躯体。我是附体的灵魂，我注定要作为丽华而活下去。我无法逃避，今后的路还很长。

《科幻世界》，1997年第2期，方人改编

白令海峡奇遇记

李　楠

公元2111年秋，我为了研究古代海洋生物化石，来到了白令海峡。一天，我驾着单人核潜艇出海，到了预定海域，穿着潜水服潜到了海底。我用金刚石钻探器在海底探寻化石，突然，我发现了一块玻璃，一眼望进去，天啊！我看到的是一座与当今科技水平不相上下的海底城。正在惊诧之时，“玻璃”把我吸了进去。

我缓缓降落到海底城的地面，马上来了一艘气垫船，从船上下来3个如电影中印第安人模样的人。他们上来在我耳朵上安了一个小东西，随后，在我耳边响起了汉语：“不要慌，刚才给你安了一个自动语言转换系统。现在请跟我们走。”我见他们不像有恶意，也想了解这座海底城究竟是怎么回事，就上了他们的气垫船。

到了一座宫殿前，我随他们进入一个大厅。一张圆桌旁坐着几位老人，其中一位老人对我说：“我们就是你们所说的‘印第安人’。在1.5万年前，我们生活在亚洲北部，当时我们的文明达到了不可思议的地步。但物极必反，我们之间爆发了战争，使用了离

子武器……环境遭到严重破坏，我们的文明也后退了1万年。我们不得不从白令海峡到美洲去，第一纵队安全抵达美洲，但我们的祖先——第二纵队遭到海啸袭击，船沉没了。我们的祖先靠船上储藏的设备和足够的氧气……在海底建造了这座城市。”

我问：“你们为什么要告诉我这些？”老人说：“我们住在海底，是靠储藏的氧气生活的。但不久之后，氧气将用完。我们要请你帮忙，到地面把氧气输进来。”

我又问：“那你们为什么不自己干呢？”老人说：“我们在海底生活了1.5万年，已不适应地面生活，不能去陆地。”我答应后，老人交给我一个瓶子，并教会了我使用的方法。

我乘自己的潜艇来到地面，按他们所教的方法，在瓶子上操作。之后，我回到海底城，把瓶子还给老人，他们开始呼吸陆地输入的空气。不久，我发现情况不对，海底城的人开始喘不过气来，没多久，就都死了。

原来，近200年来，地面的空气已肮脏不堪，而海底城的人呼吸惯了1.5万年前的空气，对地面的肮脏空气无法适应，因此丢了性命。面对此景，我毫无办法，只得爬上潜艇，回到陆地。

《少年科学》，1997年第4期，庄秀福改编

科技“创卫”记

李黔川

我家搬到了新居，是一座宅楼的底层，有一个小庭院。我和哥哥挺高兴，小院里可跳跳蹦蹦。没想到小院成了楼上高邻的垃圾场：废纸、破烂、果皮、口痰无所不有。尽管爸爸挨家挨户打招呼，也无济于事。

哥哥是个物理天才，把什么都纳入“物质结构和运动规律中”。哥哥动手做了起来，把变压器、线圈、集成板和几样仪器连接在一起。他对我说：“还记得力障吗？隐形门就是力障！这个发明原理跟隐形门一样。”

他打开电源，让我拿橡皮向盒子里扔。橡皮沿着抛物线向盒子里飞去，又沿着同一条抛物线飞了回来，回到我手中。我百思不得其解，哥哥给我作了介绍。这个发明的核心部件是一套产生力场的仪器，在控制电路作用下，这仪器使一定空间内产生“排斥力场”，力场之外的物体若要强行进入，会被弹回到初始位置。

半个月后，我们小院角落里组装了一套大功率发射装置，哥哥对这套装置进行了检查，便开始了试验。一个年轻人扔下几个臭鸡蛋，关上了窗户，臭鸡蛋争先恐后地飞了回去，砸碎在玻璃窗上，蛋黄往下流淌。一个小家伙拿了几架纸飞机朝窗外扔，纸飞机又飞了回去。一位小姐把正在喝的一杯牛奶泼了下来，雪白的“飞瀑”一出窗户就被弹了回去，这位小姐成了“白奶鸡”。

小院从此一尘不染，楼上的高邻们也改掉了乱扔垃圾的习惯。居委会知道了哥哥的发明，前来取经。哥哥作了介绍，我进行了演示，大家对我们大加褒扬。这一下创建卫生小区肯定没问题了。

《科幻世界》，1997年第11期，方人改编

地球人的后裔

李学武

启明13岁取得博士学位，现在宇宙城科研中心宇宙研究所任职，两年来他事业突飞猛进。由于他及时发现了电脑出现的一个错误，避免了一场灭顶之灾，很快被研究所任命为第117任所长，明天即将上任。就在此时，他接到宇宙通讯专家姐姐长庚来的电话，说她收到一份电报：地球上某国战争狂人多次使用核武器造成整个地球灾难，受害的2亿无辜者准备到剑星球求生，但剑星球已被某国占领。他们在太空中漂泊已13年，现飞船上的生物圈被破坏，1年后将与一颗小行星相撞后爆炸，请求拯救幸存者。自称是地球人后裔的启明，考虑到宇宙城容纳不了那么多人，决定到剑星球找总统请求收留地球同胞，于是启明向现任所长斯科特通电，推迟交接仪式。

斯科特不甘心被这毛孩子夺去宝座，听到他去剑星球，喜出望外，他起用黑鸟去杀害启明。黑鸟是所里几十名科学家奋战10年的研制成果。它是一只巨大的黑色铁怪鸟，可在瞬息间变成一艘宇宙飞船，是艘有“生命”的飞船。飞鸟的电脑可与人脑相媲美，但它没有感情，又太个性化，很不容易操纵，因此一直在地下室锁着。黑鸟出来后对斯科特说：我为你除掉启明后，给我自由，我要离开你。

启明和长庚驾着飞船，直奔剑星球，经过“事故多发”地段，为清除太空垃圾，长庚不幸牺牲！启明发誓不让姐姐失望。

剑星球首都S市航空基地站，泰勒总统亲自指挥，严阵以待。启明的飞船刚到，就被炸得粉碎。启明幸被窜入基地的一位名叫叶子的女孩儿救下来。他们潜入海底，借助海底动物“非洲电鳐”和“僧帽水母”击退“蛙人”，躲避泰勒的袭击。叶子领启明来到地道中的实验室，讲了她父亲的往事：叶子的父亲是最后一个剑星球人。13年前，她父亲在海底主持海洋生物研究工作，回地面休息时，发现剑星球人全部死去。他的妻子也未能幸免，头上长满真菌。正当他悲痛欲绝时，有一个地球人泰勒的妻子，交给他一盘磁带和两个孩子后，割腕自杀。从磁带中他知道：地球毁了，他们无家可归。阴谋家泰勒利用对剑星球生命有致命作用而对地球人基本无害的真菌，7天的时间使所有的剑星球人死去，把剑星球变成一个死亡星球。地球人霸占了剑星球人的家园。泰勒下令凡入侵的外星飞船一律格杀勿论。

叶子的父亲为报仇，一直在研究毁掉地球生命的东西，现在即将成功。叶子认为像泰勒这样的人是极少数，地球人大部分是善良的，想让启明帮助她阻止父亲报仇。此时，叶子的哥哥北斗拿着研制成功的致命细菌“复仇者胶囊”来到实验室说：“地球人吃了这胶囊，10天后身体会一点点燃掉，但大脑清醒，目睹自己的死亡。此人死后，尸体散发的细菌还会让其他的地球人死去。”在劝说哥哥不要伤害地球人无效的情况下，叶子抢过胶囊吞了下去，她以为自己是剑星人不会受伤害，哥哥大惊。可父亲进来说的话更令人震惊，原来叶子和北斗都是泰勒的子女，是地球人后裔，13年前他收养他们的目的是要他们亲手灭了地球人。说话间父亲心脏破裂，最后一个剑星人死了。叶子知道了自己是地球人，面临死亡，对启明提出要求，死后把她的尸体除掉以免散发的细菌祸及同胞。

启明随叶子来到桥旁，取出早先藏在这里的泰勒妻子留下的磁带，作为王牌来到剑星球，准备说服泰勒。泰勒听了磁带的录音后，大惊昏倒，但他仍不同意收留地球人，并将启明、叶子关押起来。启明逃出时，叶子叫他去找哥哥北斗帮助，和联合星际总部联系。叶子被泰勒捉住关进监狱后，不肯认泰勒为父。泰勒恼羞成怒，阴谋加害叶子。启明为救叶子，受爆炸坠入洞底，叶子使计蒙骗泰勒，脱身潜入洞底救出启明。

突然，启明看到研究所里的黑鸟，奇怪它怎么会到剑星球来，便招呼黑鸟载他们去联合星际总部。黑鸟称是派飞碟来接他们，谁知启明刚走近飞碟，舱门大开，一束绿光扫向启明，他胸前立即渗出鲜血，倒了下去。叶子击毁飞碟，又用蚂蚁医治了启明的伤口。其实，这时的黑鸟已完全变了。原来在黑鸟出发时，斯科特的女儿苏珊娜偷上飞船后睡着了，醒来听到黑鸟对父亲说：已除掉启明，债还清了。苏珊娜和父亲大闹，斯科特承认是他让黑鸟杀害启明，

不允许启明总胜他一筹！“你杀死了他！”苏珊娜无意中按了按钮，激光击中黑鸟。苏珊娜慌乱中一拳砸在控制台上，把黑鸟体内“服从人类命令”的指令冲掉了。

于是黑鸟狂妄地在剑星球上把人们卷上高空，鸟爪把泰勒压成肉酱，剑星球几乎成了它的天下。黑鸟要除掉启明，但它思维机械，知识有限，叶子设法使黑鸟的左眼瞎了，但它用岩浆把启明和叶子封在地下洞里。黑鸟得意忘形企图占领海洋时，遇上料理完父亲丧事的北斗出来找叶子，在与黑鸟搏斗中，北斗击碎岩浆，救出了叶子和启明，3人一起大战黑鸟，用蚂蚁毁掉能源，黑鸟被制服。

在苏珊娜的呓语中，启明了解了斯科特杀害他的阴谋……斯科特死后，黑鸟偷了他的大脑和自己的电脑结合。第10天到了，叶子倒下了，黑鸟用叶子的大脑代替了斯科特的大脑，懂得了感情。

两个月后，启明在黑鸟主控室里，听到黑鸟嘴里吐出叶子的声音。她没有死，她放弃了原来的生命形式，与黑鸟结成完美的统一体。新总统已由人民选出，他已派人去迎接流浪的2亿居民。

《地球人的后裔》，福建少年儿童出版社，1997年2月，赵滁先改编

深度回忆

李学武

小辉越来越感到奇怪，对自己小时候的许多事情，妈妈竟然会不知道。他怀疑自己的母亲不是亲生母亲。

一天，小辉实在忍不住了，气呼呼地问爸爸：“妈妈究竟是不是我的亲生妈妈？”爸爸说：“当然是呀！这难道还有疑问吗？”小辉又问：“那么，为什么她不记得我小时候的好多事情？比如，

我养过的狗、生过的病……”爸爸沉默了一会儿，说：“好吧，明天你到我的研究所来，我把一切都告诉你。”

第二天，小辉随爸爸来到研究所，进入一个阴暗的实验室，一些广口的玻璃瓶里泡着动物的胎儿。爸爸告诉小辉：“按我们目前的科研水平，已能复制人。如果把一个人细胞的细胞核分离出来，植入一个去掉了细胞核的卵细胞中，让这个卵细胞分裂，发育成的人会和细胞的提供者一模一样，如同孪生。”

爸爸接着说：“10年前，你和妈妈发生车祸……我就用上述方法复制了你和妈妈，不过还植入了你们尚未死去的大脑。由于手术中不可避免的损伤，你妈妈永远失去了关于过去的一部分记忆。”

“为什么不早告诉我呢？”小辉的眼睛晶亮。

“我怕你承受不起。”爸爸的声音很低、很涩。

小辉激动得说：“没有什么不好承受的，我可以骄傲地对人说，我有两次生命，一次是妈妈赋予的，一次是爸爸创造的。”

不知怎的，爸爸的鼻子有些酸。他想抱住孩子，最终却只是用力握了握儿子的手。

《少年科学》，1997年第5期，庄秀福改编

青　鸟

李学武

深夜，辉辉突然惊醒，他睁开双眼，发现房中间站着两个人,一个年过花甲的老人，一个与自己年龄相仿的少女。辉辉问：“你们是什么人？怎么到我屋里来的？”老人答：“她名叫青鸟，我是她爷爷。我们是22世纪的人，是通过时空隧道到这儿来的。”

接着，老人详述了他们的故事：青鸟不幸得了不治之症，身体

一天比一天坏。老人告诉她，有一种叫作青鸟的水鸟，它的血能治她的病，但青鸟只有在18～19世纪才有。他们原来打算到19世纪去寻找青鸟，然而由于电脑的一个错误，时空隧道没将他们送到19世纪，却阴差阳错地到了青鸟将要灭绝的20世纪末。

听完老人的一席话，辉辉顿时产生了一种拯救人于危难之中的侠义之心，他说："青鸟也许还没有灭绝呢！只要还有一只，我一定能抓来。"第二天，辉辉领着老人和青鸟到郊外的一个大湖边，因为这座城市中只有这儿才有水鸟。3人找了一天，一无所获。后来又到各处找了几天，均没有发现青鸟的踪迹，但少女的病情恶化了。

辉辉独自一人外出寻找青鸟，直到黄昏才回到住处。老人坐在床边，床上躺着青鸟。老人说："她睡着了，只是再也不会醒来了。我骗了你，也骗了她。实际上世界上根本没有青鸟。我是不忍心看她被绝望折磨下去，才这么对她说。她是在希望中走的……"

老人要带青鸟回到22世纪去了。他对辉辉说："到半夜12点的时候，一条隧道会沟通现在和未来。你不必送我们。"时钟敲了第12下，老人和少女都消失得无影无踪，仿佛从未发生过这件事情。

《少年科学》，1997年第11期，庄秀福改编

蓝太阳

李艳辉

若阳从海王星返回水星联合大学，我们相爱了，我爱他那双深不可测的眼睛。节假日，我们乘公共飞船到处逛。我在月球购物城见到天然矿石“蓝太阳”，它是太阳系第18颗行星上的天然矿石，那天文数字的售价，使我倒吸一口冷气。

若阳对我说：“我会送你一颗‘蓝太阳’！”临近毕业那年，我们吵翻了。毕业分配迫在眉睫，24世纪中叶，地球人口已全部迁出，月球成了太阳系购物城，火星是太阳系经济源泉。我生于火星，来自火星，当然要分回火星。若阳可能要回到海王星。我不想过牛郎织女的生活。我和若阳进入“冷战”。

为散心，我独自参加九大行星考察。考察金星时，水星联合大学学生会主席索飞闯入了我的生活，他的相貌、口才、知识，在我心中扎了根。我也曾深深地自责，面对若阳我羞愧不已，但若阳依然忙他的事，无动于衷。一个周末，索飞拿了一只精美的礼品盒，盒里是天然矿石“蓝太阳”。他说“月球上那块被人订购了，我托人从第18行星带回一块，希望可以取代你心中的‘蓝太阳’！”

我心中那道感情防线被彻底摧毁。在学校“幻境”舞厅中，我和索飞在起舞。在舞厅里我见到若阳，他是“幻境”操作员。从此，他再没有找过我。索飞神通广大，申请到两个名额，让我和他一起去地球工作。我越来越想同若阳见一面。

若阳走了，留下了一个精美的盒子。我在他留下的电脑笔记本上找到了答案，笔记本上显示出一笔笔存款和一份“蓝太阳”的订购单，就是它占去了若阳的全部业余时间。我没有勇气打开那盒子，我知道那里面才是真正的“蓝太阳”。

啊，若阳，你在哪里？

《科幻世界》，1997年第3期，方人改编

心情烦恼的时候

刘　婕

布兰托神情沮丧地走在大街上，脖子上挂着那标明心情的钟。大街上每个人都挂着这样的钟。这钟是2013年伟大的发明家科特伟尼发明的，它会自动分析出人的心情，随时标明出来。这样做的好处可多了，例如当你心情烦恼时，别人看了你的钟，就会退避三舍，不会自讨没趣。还有，当今机器人虽能把一切做得尽善尽美，但对人的内心世界却无法捉摸。但现在简单了，机器人警察能根据人的心情钟判定他是否有犯罪动机，在罪犯下手前就把他抓获。

有一天晚上，布兰托家养的宠物老白猫死了，他心情糟透了。可是，偏在这时候，老板派他接待一位重要客户。尽管他在接待时脸上笑嘻嘻的，但心情钟“出卖”了他，指针指向“恶劣”一栏。客户立刻告辞了，声言公司缺乏诚意。老板当即把布兰托找去，大骂一顿，直到看见他的心情钟指向“恐惧”为止。

布兰托心情低落，漫无目标地走在大街上。他踏上了代步传送器，这机器是他朋友发明的。不过，在最后实验阶段，朋友因不能完全控制这种新机器而被活活撞死。布兰托每当踏上代步传送器，总会有一种罪恶感和恐惧感，觉得这是踩着朋友的生命。

这时，路边有个守卫机器人注意到布兰托，见到他身上的心情钟指向了“罪恶”——这是犯罪的前兆，于是它便留意起布兰托。

布兰托此时已不那么沮丧了，他在想怎样才能弥补上午谈判失

败的损失，是否给客户送点礼物呢？守卫机器人发现，布兰托的心情钟指针已从“罪恶”变成“兴奋”。他想：此人已拟好犯罪计划了吗？

布兰托走进大世界商城，准备选购礼品。守卫机器人紧随其后，它注意到，他的心情钟已指向“急切”。毫无疑问，罪犯企图动手了。

布兰托买了一只手枪式打火机，又去买了一束鲜花，把打火机藏在鲜花包装纸里。他想，那位客户在收到礼物时，一定会惊喜的。布兰托手捧鲜花，来到客户门前，按响了门铃，接着昏倒在地上——守卫机器人在他身后及时扣动了激光麻醉枪。这时门开了，客户惊异地看着门外的一切，机器人向他做了说明。

当布兰托醒来时，发现自己被关在看守所里，他气急败坏地从床上跳起来。此时，客户走了进来，“这真是误会”，他身后跟着机器人，机器人一副羞愧的样子。“我决定继续与贵公司合作。”

《少年科学》，1997年第1期，庄秀福改编

狩猎者与被狩猎者

刘　婕

我是世界狩猎协会的成员，热衷于打猎。每当我看见猎物的恐惧表情时，心中有一种说不出的快意。我的老朋友老林不赞成我的这一行为，他说：“打猎是野蛮行为，不过是流血和死亡。”

那天下午，在自然狩猎区A区，我正在追踪一只兔子。就在此时，我听到身后传来轻微的擦地声。我怀疑是猛兽，就暗自握紧了枪，猛然转身。但我马上松了口气，原来是一艘太空飞船。狩猎区为了招揽生意，在各个星系做了大量宣传，所以经常有外星人来这

里打猎。

我正准备上前打招呼，只见那飞船伸出一根小管子，一道红色射线击中了我。我顿时动弹不得，随即昏了过去。等我醒来时，发现自己躺在一张大桌子上。我的头部被罩上了一个头盔，全身不能动弹，头部以下没有任何知觉，仿佛脑袋与身体不相干似的。我想：我这个一贯是狩猎者的人，今天居然成了被狩猎者。

我正想着，门开了，进来一伙外星人。它们身体很小，脑袋扁平，围着桌子坐了下来。由于我耳垂里埋有微型宇宙语言自动翻译机，所以能听懂它们谈话。从它们的谈话中，得知它们是利泽星球的人，这房间是它们的餐厅。它们用一根金属管插入我的动脉，我的血立即涌了出来，顺着管子流进一个大缸。它们每人舀了一杯，喝了后说："味道还不错。"我愤怒极了，但无法反抗，也喊不出声。

我的血很快流干了。接着它们又吃我的肉，最后只剩下骨头和内脏。它们把我的头挂在墙上，躯干靠在墙角，就离去了。我极为懊丧：也许我不该打猎，现在我尝到了被捕食的恐惧。我不由想起老林的话，这时才觉得那番话的珍贵。

过了几天，这伙人又来了，还带来一些类似海藻的食品。它们的几句谈话吸引了我。有一个指着我说："这才是美味。我们什么时候再去地球弄一个来？"另一个人说："下一次吧，我们再去捉一只这样的动物来吃。顺便拜访一下地球人。"天哪！这些混蛋竟然把我当成动物了。

也不知过了几天，这伙人回来了。有一个人用手指在我的头盔上拨弄了几下，说："十分抱歉，我们不该……把您吃了。我们在与地球联系时，才知道搞错了。希望您别向星际法庭起诉我们，我们尽力赔偿您的损失。"我怒吼："赔偿？怎么赔偿？"那人又说："我们惹您生气了。不过我们保证能恢复您的原状，只要您的一点细胞就成。”

1个月后，我总算回到了地球，老林来接我。通过星际间的通信系统，他早就知道了我的详情。老林问：“以后还打猎吗？”我认真地说：“我终于觉得打猎给猎物带来的恐惧是无穷无尽的，还会破坏大自然。我再也不去打猎了。”

《少年科学》，1997年第3期，庄秀福改编

访问地球

刘 婕

在火星前沿观察站工作的尼克，望着钻石玻璃窗外一望无际的天空，陷入沉思之中。2089年地球人向火星大迁徙，100多年来地球人的后裔——火星人发展得很快，于是两个星球的人开始产生矛盾，谁也不服谁。我们火星人的祖先原本来自地球，之所以两星球人有矛盾，是因为没有沟通的缘故。我何不去做些沟通工作呢！但这件事当局不会支持，我只能悄悄地干。

终于在某一天，尼克把想法变成了行动。趁火星发生尘暴之际，他把观察站的顶层与底层分离开来作为驾驶舱，以巨型风扇和大型发动机为引擎，离开火星，向地球飞去。

经过漫长的飞行，尼克在中国西部着陆，没多久就被赶来的一队军人截获，把他带到一位将军那里。尼克鼓起勇气，首先开了口：“你好，将军。我是访问地球的第一个火星人，但不应该算作是外星人。”将军笑了，说：“对。应该说我们大家是兄弟，是我们共同的母亲——地球的儿子。”

“真的？”尼克的眼睛闪闪发光，他觉得终于找到了一个可以倾诉自己多年来的梦想和情结的朋友。将军请尼克坐下，两人越谈

越投机。

1个月之后，尼克踏上了返回火星的航程。这次他乘坐的不再是那简陋的观察站顶层，而是一艘真正的飞船，船上载着地球上先进的技术资料和地球人的问题。尼克想，这是第一步，火星并不孤立，必将和地球共同发展。

《少年科学》，1997年第10期，庄秀福改编

异　境

刘茂琪

泰若行星的黄昏时分，延伸的光编织成一种异境。苏幻上了身旁的核能飞行器，它慢慢地爬升。飞行器掠过广阔的森林和平原，降落在中转站内。

苏幻觉得有些困，直接走入卧室睡了一觉，醒来时有种不太好的预感。突然，他听见一种磕碰声，卧室的门悄悄地被打开了。一个东西正把它长长的脖子伸了进来，扫视房间，用前爪搔痒。苏幻因惊惧而麻木。在他恢复知觉后，发现自己悬浮在一片银光中。

“辐射诱发基因突变，你的废料让动物变成怪兽，你得负责！”一个声音这样说。苏幻似乎在光中被分离，又消失了。又一次恢复知觉后，他站在武器室门前，他冲进门，想去拿激光枪，碰到的是变异瞪羚的趾爪。瞪羚向苏幻袭来，门外又进来一只瞪羚。

苏幻左臂完全破裂，他因恐惧而感觉不到任何痛苦。他左手抓到了激光枪，“砰！砰！”两枪，异兽的头颅炸裂。苏幻迈开双腿，向地道尽头跑去。他现在必须离开这里。铁门里停着救生艇，电子锁锁着门。走道前前后后站着许多瞪羚，伸着脖子望着苏幻。苏幻用枪打开电子锁。门开了，他向救生艇狂奔，抢先跨入飞艇。

瞪羚也跟过来，苏幻用枪托猛击瞪羚。他终于坐进驾驶舱内，设下自动驾驶程序，飞船离泰若行星越来越远。

绿色的泰若星变成稠黄色，一团银白色光雾紧跟着救生艇飞行。此时，驾驶室的门被悄无声息地打开……

《科幻世界》，1997年第5期，方人改编